AF142011

Le Chant lointain des manèges sous la neige

© 2024 Ophélie Grevet
Édition : BoD · Books on Demand, 31 avenue Saint-Rémy,
57600 Forbach, bod@bod.fr
Impression : Libri Plureos GmbH, Friedensallee 273,
22763 Hamburg (Allemagne)

ISBN : 978-2-3225-7156-7

Dépôt légal : Avril 2025

Le Chant lointain des manèges sous la neige

Le Chant lointain des manèges sous la neige

Le Chant lointain des manèges sous la neige

Récit théâtral

Le Chant lointain des manèges sous la neige

Ophélie Grevet

Une pièce en six tableaux…

Ophélie Grevet-Soutra

« *Je la méprise votre réputation, je la méprise ! bégayait Bebdern. Je lui pisserais dessus si elle pouvait se matérialiser !* »

Romain Gary, Les clowns lyriques, p.203, éditions Gallimard.

Personnages

Louise - *une cartomancienne*

Lucie - *sa fille*

Henri -
Pierre- *les forains*
Marc-

Le témoin - *personnage invisible, une ombre…*

Jeanne - *la femme à barbe*

Marcel Picard - *un client*

Elisabeth - *une cliente*

Claire - *médium, amie de Louise*

Corinne - *l'ouvreuse de cinéma*

L'action se passe dans une baraque de foire, une roulotte, un appartement, un café parisien.

Premier tableau

Louise est amenée à prendre parti...

Printemps 1967. Louise tient une baraque de foire. Elle tire les cartes, prédit l'avenir, pratique les arts divinatoires depuis une dizaine d'années. C'est l'été à la foire du Trône... la fête bat son plein. L'antre de Louise est installé entre un manège et un distributeur de jouets. Musique, voix d'enfants... Louise modifie les lettres de sa caravane.

Pierre. Alors Louise... ta rénovation avance ? Tu as fini !

Louise. Il ne me reste qu'une voyelle à peindre ! Quel chantier !

Pierre. *Astro-Minute* écrit en rouge vif, il fallait oser. Avec une publicité pareille affichée sur ton stand, les clients vont se bousculer au portillon.

Louise. Je ne suis pas convaincue. Enfin, si tu le dis ! L'espoir fait vivre... Pourtant, j'aimais mieux comme c'était avant. En retirant Louise, les gens risquent de passer leur chemin. Ce nom me paraît froid... il fait moins famille, tu ne trouves pas !

Pierre. Tu n'as pas tort dans le fond ; mais, Louise ou pas, il faut que tu remplisses ta caisse. Allez, ne t'inquiète pas... Sur la foire, tout le monde te connaît. Avec *Astro-Minute*, tu annonces carrément la couleur. Tu bosses, tu ameutes les foules et tu vends du bonheur à dix francs l'heure...

Rassure-toi, la confiance passe après l'efficacité !

Louise. Si je comprends bien, la fortune m'attend !

Pierre. Avec de la chance, oui ! Mais, c'est toi la voyante. Pas moi !

Louise. Sacré Pierrot... Question boniment, tu endormirais un régiment. Ah, j'ai terminé ! Qu'en dis-tu ?

Pierre. Tout simplement génial ! Prépare-toi à refuser du monde. Avec Astro-Minute, tu vas prédire l'avenir à la chaîne. Et cartonner. Parole de gitan ! Sur ce, je cours travailler... À plus tard, ma belle.

Louise. En somme, je dois remporter le jackpot. (*Criant*) Eh ! Pierre, attends ! Tu n'aurais pas croisé ma fille ? Oh, et puis zut... Avec la musique, il ne peut pas m'entendre.

La musique enfle... Louise dépose peinture et pinceaux sous les trois marches de sa caravane. Elle rentre chez elle. Fenêtres et porte closes, les bruits de la foire ne pénètrent pas à l'intérieur. Ici, le silence prédomine... La pièce est agencée dans dix mètres carrés. Une table pliante, deux chaises. Pour un gain de place, tout le mobilier est encastré dans les murs. Au fond, un épais rideau en velours carmin dissimule un lit gigogne. Plusieurs accessoires de voyance sont disposés sur la table recouverte, elle aussi, d'un tissu ponceau. Une boule de cristal, des cartes, un pendule. Louise allume la radio. Résonne la chanson de Joséphine Baker : « J'ai deux amours... » Louise la fredonne. Des coups retentissent dans la porte.

Jeanne. Louise... Louise, je sais que tu es là. Ouvre ! C'est moi, Jeanne !

Louise. Hé ! Du calme ! J'arrive... (*Elle découvre Jeanne en larmes.*) Mon Dieu ! Qu'est-ce qui se passe ? Bon, amène-toi... (*Elle éteint la radio*) Tu bois une bière ?

Jeanne. (*Sanglotant*) Je ne veux rien du tout. Elle est revenue avec des tas de papiers dans les mains. Et là, j'ai paniqué. Elle m'a embrouillée, et j'ai signé. Je deviens folle.

Louise. Attends ! Tu vas tout reprendre depuis le début. Tiens, mouche-toi ! Parfait. Tu as signé quoi ?

Jeanne. Un document pour mon fils... Les services sociaux viennent de l'emmener.

Louise. Quoi ? Tu es en train de me raconter qu'ils ont embarqué ton garçon ! Lequel ? Le dernier ?

Jeanne. Oh non ! Celui-là, ils n'en veulent pas. Je peux le garder, qu'elle m'a dit. Parce que dans ce cas précis, ils laissent toujours un enfant à la mère.

Louise. Les vaches ! Et, ta fille ? Elle t'a donné de ses nouvelles !

Jeanne. Justement, l'assistante sociale m'a prévenue qu'elle ne va pas fort. Elle ne parle plus, et refuse de manger ! Elle ne réagit plus à rien. Alors, ils m'ont enlevé mon garçon pour la sauver.

Louise. Il se peut qu'ils obtiennent des résultats... rares, mais probants !

Jeanne. Que veux-tu dire ?

Louise. Tu ne bois rien ! D'après moi... (*Jeanne sanglote à nouveau*) Jeanne ! Tu vas m'écouter, oui ou non ! Elle t'a pris deux enfants ! De quel droit ! Tu es toute seule pour les élever, d'accord, mais tu travailles.

Ils n'ont jamais crevé de faim tes moutards, ils sont même immensément choyés ; de ce côté-là, elle ne peut rien te reprocher. Conclusion, je ne vois pas où est le problème !

Jeanne. Mon numéro... femme à barbe. Pour elle, je n'exerce pas une profession honorable.

Louise. Ah oui ! Et sur leurs postérieurs gelés, qui restent assis dans des burlingues toute la sainte journée, ils travaillent ! Et embarquer les enfants d'une maman pour les jeter dans un orphelinat ! De quel métier parlent-ils ? De leur activité de pourceaux… de Thénardiers !

Jeanne. La femme a surtout insisté sur l'éducation. Je n'envoie pas mes enfants à l'église, au catéchisme... J'ai reçu plusieurs lettres de ma mère qui reprennent les mêmes reproches. Elle se dit scandalisée par ma façon de les élever, sans religion, et sans discipline.

Louise. De quoi je me mêle ! Elle serait bien inspirée de t'aider, Jeanne... et de garder ses sermons du dimanche pour ses repas de curé !

Jeanne. Elle a prétendu que ma fille est bien traitée là-bas ! Qu'elle ne manquera de rien.

Louise. Ah, belle moralité !

Jeanne. Que veux-tu qu'elle apprenne dans un orphelinat ? Surtout, qu'elle travaillait bien à l'école ! Elle récitait son alphabet intégralement, à cinq ans ! À présent, elle ne mange plus, elle ne joue plus, elle ne réagit plus, ma pauvre chérie !

Louise. Reprends-toi, Jeanne ! Ta gamine guérira.

Jeanne. Comment le sais-tu ?

Louise. J'ai lu un résumé intéressant dans une revue scientifique. Ils parlaient de traumatisme violent, et d'un enfermement au nom bizarre... l'autisme ! Une maladie souvent liée à l'enfance. Dans quatre-vingt-dix pour cent des cas, la guérison existe. Ils provoquent un deuxième choc, et le patient sort de sa torpeur.

Jeanne. Il faut que je lui parle. Je dois la voir.

Louise. À mon avis, quand elle va retrouver son frère, elle réagira.

Jeanne. Je pars ! J'ai calculé qu'en me déplaçant en stop jusqu'à Lisieux, je pourrais rejoindre Vire, vers dix heures du soir. Je passe la nuit dans un hôtel. Et, demain, je serre mes deux enfants sur mon cœur.

Louise. D'accord, tire-toi sur un coup de tête ! Et après ? Pourras-tu les approcher ? Les nonnes ont dû établir des jours de visite, ma belle. Elles te diront : « revenez dimanche matin », et toi, tu n'auras pas revu tes petiots, et surtout, tu te retrouveras sans travail. Ton numéro, c'est ton assurance vie. Bon sang ! Tu reçois un salaire qui tombe à la fin de chaque mois. Jeanne. Tu m'écoutes !

Jeanne. Justement, je ne veux plus me transformer en pantin. Si les gens connaissaient la vérité... La femme à barbe ! Que de la tromperie, leur truc !

Louise. Tais-toi ! Quand ils quittent la foire, ils ne se souviennent plus de ta figure, barbue ou pas !

Jeanne. Ce postiche me ridiculise tellement ! Même l'assistante sociale s'est moquée de moi.

Louise. Oui, eh bien, celle-là...

Jeanne. Elle répétait : « Ce n'est pas un métier, tout au plus, une clownerie ! »

Louise. Quelle langue de vipère !

Jeanne. N'empêche que d'après Odette...

Louise. Qui ça ?

Jeanne. La dame bien enveloppée qui tient le stand des pommes d'amour... Mais si ! Il jouxte le manège de Pierre. Tous les dimanches, elle travaille avec son fils, un adolescent boutonneux. Tu la remets ?

Louise. Ah oui ! Son garçon est bourré de complexes… Je la connais !

Jeanne. Elle raconte que les prostituées ne se font pas prendre leurs enfants. L'État ne les retire jamais !

Louise. Et tu as gobé ses sornettes !

Jeanne. Heu ! Si elle le dit...

Louise. Ton Odette, elle invente. Elle maîtrise la pomme d'amour, pas la justice ! À chacun, sa spécialité ! Inutile de déborder. Exactement comme si, moi, Louise, voyante à plein temps, je t'improvisais une notice culinaire sur les reinettes de Normandie. Et, elles mûrissent sous la lune rousse, et elles tombent un vendredi 13, et patati, patata !

Alors, tu en dis quoi !

Jeanne. Rien. Je songe à ma fille.

Louise. Qui court deux lièvres à la fois rentre bredouille au bercail ! Moralité ! Si tu ne veux pas tout perdre, tu files dans ta loge pour te préparer, pendant que je me creuse les méninges pour trouver une solution.

Jeanne. Parce que tu peux m'aider ?

Louise. Mais oui, j'en ai à revendre là-dedans... (*Elle montre son front*) Allez, sauve-toi !

Jeanne. Oh ! Louise, tu es mon ange gardien. Merci pour tout, et à demain ! *Jeanne sort.*

Une rengaine de foire se faufile une seconde dans la caravane, puis s'éloigne. Lucie, la fille de Louise, débarque... La musique repart à l'assaut de la pièce.

Lucie. Non, mais, je rêve... Tu as enlevé ton prénom ! Pourquoi as-tu peint une horreur pareille ?

Louise. Lucie, ferme cette porte immédiatement ! Mes oreilles sont cassées.

Lucie obéit. Le silence revient. Elle balance son cartable sur la table.

Lucie. Qu'est-ce qu'il est tarte ce nom ! Il me fait penser à une cocotte minute !

Louise. Tu as acheté le pain complet ?

Lucie. (*Elle ouvre son cartable*) Tiens ! J'ai pris du seigle, elle avait tout vendu. *Astro-Minute*... je n'aime vraiment pas. Zut, j'ai oublié mon cahier de textes. Alors là, je plonge vraiment dans la mélasse ! J'avais noté tous mes devoirs pour la semaine, et du coup, je ne peux rien préparer du tout.

Louise. Tu n'as qu'à improviser !

Lucie. Comment ?

Louise. Tu ouvres ton livre d'anglais ou d'histoire-géo, et tu révises toutes tes leçons.

Lucie. Mais comment veux-tu que j'étudie ? Alors que je ne sais même pas quel chapitre revoir !

Louise. Donne-moi le grand...

Lucie. Lequel ?

Louise. Aucune importance... Tiens, celui-là !

Lucie. L'histoire ? Oh non, la barbe !

Louise. Qu'est-ce que tu dis ?

Lucie. Quel bonheur !

Louise. Dépêchons-nous ! (*Elle tourne les pages du livre.*) Ah, « Lénine et la dictature du prolétariat » jusqu'à la N.E.P et l'affermissement du régime des soviets. Un thème qui revient souvent dans le programme du bachot.

Lucie. Ah bon ! Au fait, j'ai promis un truc à mes camarades. Un business qui peut rapporter gros. Il faut juste que tu me donnes ton accord, et là...

Louise. Lucie, j'ai dit « Lénine ! »

Lucie. Tu décrocherais au moins vingt nouvelles clientes ! Et même cinquante... en comptant les élèves du lycée et celles du collège. Parce que tout le monde sait, que ma mère pratique la voyance ! J'ignore qui a pu les renseigner... Moi, en tout cas, je n'ai rien dévoilé à personne.

Louise. Et alors ? Ma profession dérange ma fille ou ses amies !

Lucie. N'empêche que j'ai réfléchi aux examens du bachot. Avec ta boule, tu pourrais nous donner...

Louise. Non, mais je rêve ! Tu veux que je vous aide à tricher !

Lucie. Mais, tu ne consulterais pas gratis !

Louise. Silence ! Quand je repense à tous les sacrifices que je m'impose pour tes études. Pour que tu ne finisses pas foraine comme tous ces adolescents qui traînent comme des âmes en peine, et qui vieilliront le cul rivé à un stand ! Si tu veux devenir comme eux, vas-y ! Jette ton cartable, ne passe pas ton bachot, et cours t'amuser derrière les manèges.

Lucie. Pourquoi tu t'énerves ? D'accord, je te promets d'apprendre la N.E.P par cœur.

Louise. Ma chérie ! Approche vite, que je t'embrasse ! Mon trésor, mon gentil canari... Plonge-toi un bon coup dans ce Lénine !

Dès que tu auras fini, tu t'occupes du couvert, et tu m'attends.

Je n'en ai pas pour longtemps.

Lucie. Tu sors !

Louise. Une affaire urgente à régler... Je dois en discuter avec Pierre.

Lucie. Tu le trouveras sur son manège à cette heure-ci...

Louise. Quand j'ai besoin de lui, j'arrive toujours à mettre la main dessus. Pierre connaît le Code civil sur le bout des doigts. Travaille-bien ! Tu me réciteras ta leçon ce soir. Est-ce que je peux compter sur toi ?

Lucie. Oui. Va pour Lénine au souper !

Deuxième tableau

Récits de forains

Henri a quitté le métier de forain.
À une table de bistrot, il se souvient...
Le témoin se tient à ses côtés.

Henri. Louise… Un sacré bout de femme. Surtout pas une itinérante, et encore moins une « *fêteuse.* » Je l'ai toujours connue à la foire du Trône. Elle se débrouillait bien ; elle arrivait à fidéliser le chaland… La voyance, elle y mettait du cœur. Tout le monde ne peut pas en dire autant. À l'époque, tu rencontrais deux types de forains : les « *grands forains* » qui sillonnaient toute la France et les « *petits régionaux* » qui ne sortaient pas d'une région. En général, ils ne se mélangeaient pas. Ils suivaient la règle… du moins en ce temps-là. Et elle fonctionnait du tonnerre, tout le contraire d'aujourd'hui ! Tu me diras, comme j'ai tout envoyé promener ! Arrêter m'a demandé un effort surhumain ; j'ai dû digérer la secousse ! Surtout pour un « *banquiste* » d'origine, comme moi !

Le métier, je suis tombé dedans à la naissance, comme Obélix ! Mon père, mes oncles, et tous mes ancêtres, nous avons grandi dans l'itinérance. La foire, quand elle t'embrigade, elle se change en peau !

Une seconde peau qui ne veut plus te quitter ; tu as beau tirer, laver, frotter, elle te tient au corps, la garce. Tu la supportes et tu la gardes, et le jour où tu casses ta pipe, ils te mettent dans le trou avec.

Quand mes parents avaient repris l'entresort de mon grand-père Évariste, je dormais encore dans un couffin. Toutes ces baraques à phénomènes, ces numéros d'illusionnistes, les *entresorts*, tu n'en vois plus. Avec la téloche qui s'invitait partout, l'exhibition a fini par péricliter... le public ne marchait plus. En 67, je faisais partie des derniers forains qui présentaient une femme à barbe. Un numéro au poil ! Je ne te dis pas la queue au guichet... Sinon, tu dois bouger tout le temps. Tu ne peux pas t'endormir sur tes lauriers. La clientèle réclame de la nouveauté. Dès qu'elle a vu ton spectacle, tu peux mettre les voiles. Partir... toujours suivre son étoile. Dans le métier, nous portons tous la même peau. Une peau dure qui court les routes, par tous les temps et dans toutes les directions. Mon premier phénomène remonte à 1952... Un bail. Le pays sortait de l'Occupation, il réclamait du bonheur. Avec mes semelles d'aventurier et des idées géniales plein la tête, je venais de fêter mes 20 ans !

Ah, la foire d'après-guerre !
Pour en parler, un bouquin de mille pages ne suffirait pas. Une ambiance, je ne te dis pas ! Nous formions une grande famille. Tout le monde se connaissait.

Nous vivions en vase clos. Quant à l'amitié... Les forains se débrouillaient avec les moyens du bord ; un matériel simple, un minimum de place dans les carrioles, de quoi bricoler honnêtement. Nos caravanes s'installaient dans les foires agricoles, et les gens s'amusaient.

Une foule heureuse, tu n'as pas dû en rencontrer souvent... Je me trompe ! Mon premier numéro vivant s'intitulait la *« femme à deux têtes »*. Elle s'appelait Clémence... Une vraie beauté. Un soleil d'été que j'ai épousé. Comment, laquelle ? Mais, une seule ! C'est le phénomène qui parade avec deux têtes, ma Clémence n'en portait qu'une. Tu veux la voir !

Attends, j'ai dû laisser une affiche sur la table ! Ah, la voici... Regarde ! Tu ne résistes pas, devant un si beau visage. Tu as vu ses cheveux ! Blonds comme un champ de blé en plein soleil... Et pis, le mauvais sort s'est pointé. La grande Faucheuse s'est amenée, elle a tout broyé. Trop de vitesse, une route glissante, et la 404 de ma Clémence, s'est déportée dans un ravin.

Mourir à 30 ans... à cet âge, les blés n'ont pas mûri. Ils sont encore verts ; pas vrai ? Je hais la bagnole ! Après le drame, les copains m'ont aidé. Ils m'ont sorti de ma dépression, et j'ai repris mon bonhomme de chemin. Les tournées ont recommencé. Le Midi à la belle saison, la Normandie l'hiver. Les années passaient... Puis, les bolides sont arrivés.

Des caravanes gigantesques, des stands de dix mètres de long, des manèges démoniaques, le même bazar qu'à Long Island. Du coup, je ne te raconte pas l'endettement ! Le matos moderne, tout beau, tout neuf ! Seulement, il coûte bonbon ! Les forains ont vu grand, ils se sont tous ruinés ; moi, le premier !

Mais bon, la fête continuait... Tu veux savoir comment j'ai atterri à la Foire du Trône. Oh là ! Encore une longue histoire ! Au début des années 80, j'en ai eu ras le bol de tourner en régions. Les places devenaient si chères. Et dans chaque ville, dans chaque village, les taxes nous étranglaient. Pour un emplacement, tu devais tricher ou négocier, sinon bernique... tu repliais ta piste aux étoiles, dans l'heure. La profession filait un mauvais coton. À un moment, les gros bolides ont débarqué, les vieux manèges n'arrivaient plus à suivre. Ils raccrochaient, forcément. À cette époque, un pote m'a branché sur Paris. Paname ! Le rêve pour un type comme moi. Oui, mais fallait des sous. Ils vendaient les places aux enchères. Tu réglais un forfait de base, qui s'ajoutait à celui qu'ils calculaient au mètre. Le prix d'accord... mais les places, elles étaient réservées ! Et distribuées d'office, aux Parisiens ! Arrivant de province, sans gros pécule, je suis tombé sur un os... j'ai dû rebrousser chemin.

Marc travaille toujours comme forain. Derrière son stand de tir, il discute avec le témoin… avec son ombre.

Marc. Tiens, essaie celle-là… (*Quatre détonations retentissent*) Joli coup… Tu devrais tenter les ballons ! Si tu dégommes les quatre, tu gagnes une poupée. Comme tu veux…

Camille ! Je reçois du monde. Remplace-moi, j'ai à causer. Viens par là, toi… Nous allons nous installer ici, à la fraîche. Tu bois une bière ! Camille ! Apporte-nous deux mousses. Alors, tu t'intéresses au métier ! Et, c'est Henri qui t'envoie ! (*Camille revient avec les canettes*) Génial ! Tu te comportes comme une chouette fille. Bon, retourne bosser… (*Elle repart*) Ah, ces jeunes… depuis mai 68, ils ne veulent plus travailler. Dire que nous nous sommes battus pour eux ! Henri a dû t'en parler, non ? Sur notre Comité d'action, pas un mot ! Rien de rien ? Pourtant, toutes les fêtes de Paris s'étaient lancées dans la résistance. Une organisation aux petits oignons ! Les tracts à Neuilly, les affiches au bois ! Des idées contestataires, en veux-tu, en voilà.

Et je ne te parle pas du Boul'Mich, Charlemagne à côté, buvait du sirop d'orgeat ! Un forain s'échine à la manière d'un prolétaire itinérant… d'un travailleur volant. Dès lors que les CRS cognent sur les camarades de chez Renault, tu ne fredonnes pas l'Internationale en comptant les mouches, tu agis !

Tu ripostes solidairement, quoi ! Tout individu qui se respecte doit aider son voisin. Si tu prends une tarte sur la joue gauche, tu ne tends pas la droite ! Un homme sain de corps et d'esprit apprend à cultiver sa réplique. Dans les manifs, la violence monte crescendo. Quand une matraque t'écrase le nez, tu saignes comme un bœuf, et tu ripostes. Sauf, si tu tombes dans le coma. Là, je ne te dis pas l'ambiance... Tu peux toujours appeler le SAMU ou les pompiers, tu conserves une chance sur mille d'arriver vivant aux urgences. Tu devines pourquoi, j'espère ! Hé, les secours se sont mis en grève aussi ! Je te ressers une bière !

Henri poursuit son récit...

Que veux-tu, Paris reste la plus belle ville du monde ! Une chance que j'ai de la suite dans les idées ! J'ai préparé mon coup, et j'y suis retourné. Jusqu'en 1983, le seul accès aux fêtes parisiennes passait par le carnet d'admissions. Qu'il fallait présenter à chaque contrôle ! Et ce carnet infernal, tu ne l'obtenais qu'à une condition : être domicilié à Paris. Sinon, bernique ! Tu ne bossais pas ! À défaut de ruée vers l'Or, je ne te dis pas la pagaille ! Moralité... tout le monde trichait. Comment ? Eh bien, tu cherchais un type qui tournait entre les stands, avec son air de ne pas y toucher ;

pour une poignée de Pascal, il te fournissait le logement, les justificatifs et tout le toutim. Te marre pas... Le gars se la coulait douce avec son business. Les collègues se l'arrachaient. Jusqu'au jour où le vendeur d'adresses a dû se planter dans ses calculs. Une dizaine de forains ont rappliqué dare-dare, en brandissant leurs papelards. Ils avaient tous la même adresse ! Une pagaille mémorable ! N'empêche que l'administration n'a rien vu ! La combine est passée comme une lettre à la poste. Mais, je tourne en rond avec mes histoires.

Comment j'ai pu obtenir le carnet ? Le destin m'a refilé un coup de pouce. J'ai à peine triché. J'avais rencontré une perle rare rue des Épinettes... Une femme sérieuse, bien comme il faut. Une veuve, comme moi. Bref, elle m'a dépanné... Ah, quel bon temps ! On s'en payait de sacrées tranches ! Neuilly, Denfert, les Invalides, la Foire du Trône, le Bois de Boulogne ! J'te dis pas la corrida.

À présent, c'est fini. L'automobile a tué la fête. Le périph remplace nos manèges. J'ai préféré lâcher le métier. Après le départ de ma dernière femme à barbe, j'ai tout bazardé. J'avais donné... 22 ans de phénomènes, 10 ans de syndicat, sans compter les emmerdes à répétition : la concurrence, la course aux emplacements, les conflits entre forains. Tout changeait si vite, le cœur n'y était plus. Un matin, j'ai mis les voiles. Sans rire !

J'ai cassé ma tirelire pour acheter une Simca et, en voiture Simone ! Je me suis fixé dans le Sud, avec la veuve et ses deux valises.

Les premiers temps, nous avons bien galéré… genre, hôtels crasseux et sardines en boîtes à tous les repas. Mais, après six mois de vaches maigres, j'ai ouvert une guinguette… Une affaire honnête ! Depuis, j'écarte les orteils au bord de l'eau, et je roupille pépère comme un bourgeois ! Si j'ai attrapé le blues du métier ? Non. Oh, les copains… Sûr qu'au début, ils ont tiré une gueule d'enterrement ! Ils se sont mis en quatre pour me retenir. Seulement… quand je pars, je pars ! Et je ne regrette rien. La foire, je l'oublie, à force. Elle s'efface comme un souvenir. Le passé finit toujours par s'estomper. Par contre, les visages… ceux qui illuminaient ma vie, comme Louise, Jeanne, Pierre, Marc et, surtout, ma Clémence, ils me manquent. Que veux-tu, ils font partie de moi ?

Marc poursuit son soliloque avec l'ombre du témoin :

Dis donc, mon vieux pote Henri, il t'a parlé de quoi, au juste !

Et sa veuve ? La Parisienne… tu as pu la rencontrer ! Je parie qu'elle s'est démenée pour qu'il quitte le métier. Comme elle ne supportait pas la foire, elle lui a tourné la tête.

31

Les maîtresses femmes, j'ai appris à m'en méfier... surtout celles qui ne viennent pas de chez nous. Elles se montrent pires que les nôtres, des diablesses !

Sinon, est-ce qu'il tenait la forme ? Il doit s'emmerder comme un rat mort sur sa Riviera ! La Méditerranée et la pissaladière, je ne cours pas après. En vacances, je ne dis pas non au soleil, mais à longueur d'année, tu dois péter un câble !

Il est ventilé, au moins ! Parce que moi, question confort, j'ai acheté tout le nécessaire pour ma caravane. Le lave-vaisselle pour mon épouse, un robot qu'aspire la poussière, une télé géante à écran cathodique, et un ordinateur branché sur Internet pour discuter avec tous les forains de la terre. Mon fils ne le lâche pas... il passe des heures là-dessus. Et, pendant ce temps, qui se coltine les amateurs de carabines ? Ma pomme ! Tu me diras, je suis aidé ; ma bru, la Camille, ne chôme pas !

Quand même, je trouve malsain qu'une femme surveille seule le comptoir. Il arrive que tu croises de vrais dingues qui déboulent à la foire. Des mecs bourrés ou bizarres qui cherchent la bagarre ! Il en faut de la poigne pour tenir un stand de tir. Tout comme des biceps et du sang-froid.

Parce que j'en ai vu passer des spécimens... des bidasses, en mal d'autorité, qui te jouent un remake du « *Pont de la Rivière Kwaï.* »

32

Des patrons, qui paradent en Monsieur muscle, pour épater une gentille poulette aux yeux égarés dans le vague, et pis, des amoureux… Eux, je les aime bien ; ils se roulent une pelle entre deux cartons ; et même, s'ils ne savent pas viser, ou s'ils ratent leur cible à tous les coups, je leur offre un lot. Mais chut... Ma femme, mon fils et ma bru, ils ne sont pas au courant. (*Trois détonations résonnent.*)

Écoute… la fête s'anime ! (*Plus trois nouveaux tirs.*) Quatre… cinq, et six. Déjà fini !

De mon temps, la clientèle possédait des goûts simples. Une gaufre au sucre pour le minot, une pomme d'amour pour la mémé, et un tour complet sur la Grande Roue pour voir le ciel de plus près. Bref, tout le monde s'y retrouvait.

Aujourd'hui, les gens réclament des attractions spectaculaires ! Ils en veulent pour leur argent ! Conclusion, les forains suivent la mode. Le matériel change tous les ans. Les manèges tournent à un train d'enfer ; ils grimpent toujours plus haut, mais la clientèle n'afflue pas plus qu'avant.

Je ne te cache pas que j'en ai soupé. Dans six mois, j'arrête... Place aux jeunes !

J'ai acheté une grange vers Chalon... Chalon-sur-Saône. Le vin coule à flots, par là. Ma femme pourra jardiner. Moi, je planterai ma cane au bord du fleuve... heureux d'observer les truites, ou de les pêcher.

Dis donc, je ne veux pas te presser, mais si tu tiens à rencontrer Pierre avant la fermeture, tu devrais te grouiller. À cette heure-ci, tu peux le trouver à la buvette de la Renée. As-tu repéré l'endroit ? Non ! Eh bien, tu suis l'allée principale jusqu'aux autos tamponneuses... Tu continues tout droit sur cent mètres, et juste à gauche, tu verras des tables, des bancs, des parasols et tout un tas de bazar. Si tu tournes en rond, demande après la Renée, tout le monde la connaît.

Camille ! Camille... (*Il se lève pour repasser derrière son stand.*)

Va retrouver ton mari... Je m'occupe de tout.

Troisième tableau

Louise a quitté la foire du Trône.

Elle vit dans une roulotte au centre de Paris. Son intérieur ressemble comme deux gouttes d'eau au précédent. Depuis l'extérieur, le vacarme de la ville s'invite chez elle ; il n'en finit pas de s'incruster : passants, circulation, sirènes des pompiers... Seule dans son fauteuil, Louise lit une revue. Sur la tôle, des coups discrets résonnent. Elle sursaute. Se lève. Ouvre la porte. Une femme entre. Une grande capeline rose dissimule toute la partie supérieure de son visage. Elle retire son couvre-chef, et se tourne vers Louise.

Louise. Jeanne ! Ne me dis pas que... Toi ! Après toutes ces années ? Mais, comment m'as-tu retrouvée ?

Jeanne. On s'embrasse !

Louise. Et comment ! (*Elles s'enlacent)* Je n'en reviens pas ! Donne-moi tes affaires, je vais les poser sur le divan. Allez, ne reste pas debout ! Tu veux boire un café !

Jeanne. Pourquoi pas ? Mais pas fort...

Louise. Ah, ma Jeanne ! Quel bonheur ! Nous ne nous sommes pas vues depuis combien d'années ?

Jeanne. Six ans... et des poussières.

Louise. Une éternité ! Je te sers le café. À présent, raconte ! Comment m'as-tu dénichée ?

Jeanne. Par hasard ! Je voulais voir *une journée…* J'ai encore oublié le titre ! Un film Italien de... oh, zut ! Je ne me souviens jamais de son nom.

Louise. Ils ont programmé « *Une journée particulière* » de Ettore Scolla, avec Marcello Mastroianni et Sophia Loren.

Jeanne. Oui, la *Journée particulière*. Comme elle était jouée, ici, à Saint-Paul, j'ai choisi la séance de 14 heures, pour éviter de rentrer tard à la maison. J'ai regardé le film en entier et, en sortant, j'ai voulu prendre un taxi. Je poireautais à la station depuis un moment, quand une fillette est passée en questionnant sa mère : « Dis, maman, que signifie *Astro-Minute*. » J'ai aussitôt pivoté sur moi-même, exactement comme Betty Boop, et j'ai découvert ta roulotte !

Au début, j'étais pétrifiée... Je n'osais pas avancer. J'avais tellement envie de te revoir ! Je n'y croyais plus. Finalement, j'ai frappé à ta porte, et...

Louise. Et tu as eu mille fois raison !

Jeanne. Hum ! Ton café est délicieux.

Louise. Raconte-moi tout ! Qu'est-ce que tu deviens ?

Jeanne : Eh bien, j'ai obtenu le divorce, et rencontré un homme qui me protège.

Louise. Tu l'aimes !

Jeanne. Il exerce comme chirurgien, mes enfants l'adorent. La tête des nonnes quand je les ai récupérés ! Tu avais raison pour les visites... J'y suis allée et je n'ai pas pu les voir, ni même les embrasser ! Mes chéris étaient retenus là, à deux pas, séquestrés par des femmes au ventre stérile, des femmes habillées tout en noir, qui ressemblaient à des corneilles. Elles m'ont empêchée d'approcher mes enfants. Je n'ai pas pu les toucher, les consoler, leur dire tout mon amour...

Louise. Oublie... Tu te fais du mal.

Jeanne. J'ai pleuré, crié, imploré... la supérieure est venue. Elle portait un chapelet à la ceinture... un accessoire religieux en bois béni comme ceux des moines ; et ses mains, jointes pour l'éternité, disparaissaient sous les multiples plis de ses longues manches. Elle avançait doucement, par à-coups.

Elle glissait sur le plancher comme un mauvais présage. Une cornette à la blancheur immaculée encadrait son visage fripé de femme âgée. Des élastiques effaçaient ses rides. Ils lui tiraient la peau vers les oreilles, ce qui donnait à son regard une expression figée, austère, sévère. Elle s'est arrêtée à un mètre de moi, et le balayage ininterrompu de sa robe noire sur le parquet trop brillant cessa, quand elle prononça par cette simple phrase : « Elle est entrée comment ? Dehors ! » Aussitôt dit, aussitôt fait ! Un groupe de nonnes m'a attrapée, et jetée à la rue. Il pleuvait. Une pluie normande, fine et grise, qui glace les os. Je n'ai pas croisé un seul villageois à qui demander mon chemin.

Ensuite, j'ai longé l'enceinte de l'orphelinat. Un chien hurlait à la mort. Le mur n'en finissait pas… et l'animal hurlait toujours. Je me suis arrêtée. J'ai posé mon front sur les pierres, et j'ai hurlé moi aussi… et ma voix couvrait celle du chien, en maudissant le silence de la terre. La pluie tombait à verse, elle lavait mes larmes. Le chien a cessé de mélanger sa détresse à la mienne, il s'est tu.

La nuit approchait. Son ombre emmaillotait la campagne comme un nouveau-né, en attendant qu'il ferme les yeux. Alors, j'ai dormi… je me suis couchée sous l'eau du ciel, recroquevillée contre le mur. Puis, au chant du coq, je suis partie.

J'ai quitté le village, pris le premier chemin venu, sans savoir où j'allais. J'ai marché longtemps, et encore pleuré. Le vent s'était levé, il avait chassé les nuages. Personne ne passait sur cette route, pas une voiture, pas un camion, pas un tracteur. Mais, j'ai continué à avancer... mes jambes m'ont portée sur dix, douze, quinze kilomètres... je ne les ai pas comptés. Tout en marchant, une sale pensée a germé dans ma tête. Une idée folle, terrible, désespérée. Je m'accrochais à elle pour ne pas m'effondrer. Une idiotie, je sais. J'aurais pu... sur cette maudite route ! Aussi, quand le bolide est arrivé, pour faire taire l'idée, j'ai couru vers elle. Je voulais... je voulais... mais la voiture a fait une embardée sur le bas-côté. Je n'ai rien fait de mal ! J'espérais juste mourir, et le conducteur, au lieu de m'écraser tranquillement, risqua sa propre vie pour m'éviter ! La bagnole était retournée dans le fossé, avec des roues qui tournaient dans le vide.

Je me suis rapprochée de la carcasse. Je n'entendais rien. Pas un son, pas un cri... juste un sifflement, celui des roues qui continuaient à tourner. Un spectacle impressionnant. Une carapace renversée sur le dos, comme un gros scarabée dans l'herbe... J'ai appelé, prudemment, doucement. « Oh, eh, il y'a quelqu'un ! Si vous êtes blessé, répondez-moi ! » Puis, je me suis encore approchée de la voiture. Au même moment, un homme est sorti indemne de ce tas de ferraille.

Un homme qui m'a conduite dans son logement. Qui m'a consolée. Et que j'ai épousé, six mois après. Voilà, ma nouvelle vie ! Un vrai roman-photo de chez « *Nous-Deux.* » Après le mariage, j'ai pu récupérer mes enfants. Ils vivent avec moi, c'est l'essentiel !

Louise. Dire qu'il a fallu que tu ailles là-bas, pour rien ! Remarque, je m'en doutais ! Des forains m'ont interrogée sur ta disparition, je n'ai pas vendu la mèche. Sauf à Pierre... Oui. Lui, je l'ai mis au courant de toute l'histoire. En tant que responsable syndical, je pensais sincèrement qu'il pourrait t'aider. J'avais tort ; en dehors des complications de la foire, ce genre de problèmes typiquement féminins les dépasse.

Jeanne. Et Henri ? Il ne devait pas être content...

Louise. Il a carrément vu rouge. Il trottinait partout en hurlant : « Jeanne... Jeanne... Qui a vu Jeanne ? »

Jeanne. Il ne m'a pas remplacée ?

Louise. Te remplacer, jamais de la vie ! Il a attendu un mois, et comme tu ne revenais pas, il s'est lancé dans le boniment. Une semaine dans les draps, la suivante dans les montres. Au bout d'un an ou deux, il a repris un manège. Puis, il a tout bazardé.

Jeanne. Pour quoi faire ?

Louise. Du tourisme ! Mais non. Aux dernières nouvelles, il aurait monté une affaire dans le Sud. Un truc au poil, qui tourne tout seul et qui rapporte.

Jeanne. Genre buvette de la plage ?

Louise. Si on veut... N'empêche qu'il a senti le vent. Il est parti au bon moment. De Gaulle avait démissionné depuis longtemps, mais je ne te dis pas la foire d'empoigne ! Les forains s'engueulaient tout le temps. Ils se frictionnaient comme sur les barricades ! Tu ne pouvais pas prononcer un mot, sans qu'ils en viennent aux mains. Moi aussi, j'en ai eu ras le bol.

Jeanne. Tu es partie à cause des querelles !

Louise. Oui et non. J'étais fatiguée de leurs salades. La vie commune me tape sur le système. Et puis, ma fille grandissait... J'ai toujours rêvé qu'elle s'en sorte... Qu'elle ne finisse pas foraine, tu sais bien !

Jeanne. C'est elle sur la photo ! Drôlement jolie, ta Lucie. Que devient-elle ?

Louise. Elle termine ses études d'avocate.

Jeanne : Oh ! Louise... Je suis si heureuse pour toi ! Tu le mérites, ma belle. Mais si...

Des coups discrets sont frappés sur la devanture de la roulotte.

Jeanne. Il vient du monde. J'allais partir justement...

Louise. *(Tout en se déplaçant vers la porte)* Mais non ! Reste encore... C'est Corinne, elle passe souvent, pendant sa pause.

Corinne. Bonjour... Je ne dérange pas trop ?

Louise. Entre ! Je te présente Jeanne, une vieille connaissance.

Corinne. Enchantée ! Moi, c'est Corinne. Je bosse comme ouvreuse au cinéma d'en face.

Jeanne. C'est passionnant ! Vous devez voir des tas de films !

Corinne. Bof ! Je vois toujours les mêmes, et je suis payée à coups de lance-pierres.

Jeanne. Ils vous donnent quand même un fixe ! Vous devez toucher un forfait journalier.

Corinne. Vous rigolez ! Les ouvreuses grattent au pourboire. Au cinéma, c'est comme ça ! Nous faisons la manche aux entractes. D'ailleurs, à propos d'entracte, votre tête me dit quelque chose…

Jeanne. Moi aussi, votre figure ne m'est pas inconnue.

Louise. Corinne est très douée pour se rappeler la tête des gens !

Corinne. J'ai surtout le chic pour ne pas gagner un rond. Les entractes, passe encore, mais les pourliches ! J'ai beau crier : « bonbons, chocolats, esquimaux glacés », ils rentrent leur menton dans leur veston, et ils achètent rien. J'arrive avec mon panier sur le ventre, bourré de confiseries, et je repars comme je suis venue. Sauf, une fois, où j'ai vendu une glace par l'opération du Saint-Esprit ! J'étais là, comme une âme en peine, à me faufiler entre les travées, et à chanter mon éternel refrain, quand un type en costard pied-de-poule a levé le doigt.

J'en revenais pas… J'étais figée, sidérée, ébahie, j'osais même plus respirer. Ma copine Danielle virait au vert-de-gris, elle ne pigeait rien de rien à la situation, et je ne bougeais toujours pas.

Eh oui ! Pas si bête la Coco…

Je ne voulais pas me faire entuber !

Tu as tellement de pervers qui lèvent le doigt exprès pour que tu te rapproches, et qui te mettent la main sur les nichons, histoire de rigoler un bon coup !

Louise. Maudits bonshommes. Je te les enverrais tous à l'asile...

Corinne. Le mien, comme il continuait à lever le bras, j'ai fini par me diriger vers lui. Je me rapproche à pas de loup, et je me plante devant lui. Il choisit son Miko, sort son larfeuille, va pour payer, mais là... écran noir ! Pas de son, pas de lumière dans la salle... juste, le néant absolu ! Une seconde après, quand le film reprend, le Miko commence à fondre... avec sa bave sucrée qui dégouline entre mes doigts. Je vous raconte pas l'angoisse ! J'actionne ma veilleuse d'une main, tandis que la glace coule sur mes chaussures, et le gars, qui ne veut vraiment pas louper une seule image de son western à la noix, se met à viser comme un pied. Il jette toute sa mitraille sur la moquette, et rien dans mon panier... L'horreur !

Quand j'ai vu sa monnaie rouler par terre, j'ai craqué. J'ai lâché le Miko sur ses genoux, et je suis partie en courant.

Louise. Bien fait ! Il n'avait qu'à viser juste. N'est-ce pas Jeanne ?

45

Jeanne. Au cinéma, les emmerdeurs pullulent ; entre les mâcheurs de chewing-gum, les papiers de bonbons froissés et les mains baladeuses, tu dois supporter plein de bruits nocifs, bizarres, agaçants, et tu loupes la moitié du film.

Corinne. N'empêche que les spectateurs, ils s'en fichent pas mal de ma confiserie. J'ai beau pousser ma chansonnette, ils ne lâchent pas leur grisbi facilement ! Ma copine Danielle dit que je m'y prends comme un manche. Elle prétend que je les agresse, et me donne toujours le même conseil : « Pour qu'ils achètent, tu dois les charmer, avec un beau sourire hollywoodien... Pense à Marilyn dans *« Bus Stop »* ou à Ava Gardner dans *« Le Dernier Rivage. »*

Le sourire, c'est vraiment son truc à ma copine... et le cinéma, son dada. Danielle est ouvreuse par vocation et cinéphile, comme pas deux ! Tout le contraire de moi. Je n'aime pas sourire, ça me bassine ; en plus, j'ai horreur des rediffusions !

Et là, je suis servie ; surtout au cinéma permanent, le programme change rarement. La *Journée Particulière*, j'ai dû la voir au moins cent fois !

J'en ai jusque-là !

Jeanne. Mais quand les spectateurs sont placés, vous avez le droit de sortir pour vous aérer.

Corinne. Ben non... Le règlement dit : restez assises dans le noir, et ne quittez pas la salle. C'est ça, mon boulot, attendre... et comme t'as plein de clients qui ne s'occupent pas des horaires, tu es sans cesse dérangée. À Saint-Paul, je ne me plains pas, il existe des boîtes cent fois pires ! Toutes les deux séances, j'ai droit à une pause. Ce n'est pas si mal, ça me permet de respirer et de m'incruster chez Louise. En plus, le personnel est très chouette ; les filles bossent dans une bonne ambiance et pour le partage des recettes, c'est équitable... Tous les bénefs sont mis en commun. On appelle ça, faire le chapeau.

Sur ce, ma pause est finie, faut que j'y retourne. Ah, Louise ! Danielle aimerait passer ce soir, t'as une minute ou pas !

Louise. Elle veut un tarot ?

Corinne. Alors là, j'en sais rien du tout !

Louise. Qu'elle vienne à sept heures... Pas avant, je reçois du monde.

Corinne. (*Elle s'approche de Louise, l'enlace et l'embrasse*) Louise, tu es une fée. Je t'aime.

Louise. Allez, ouste, du balai...

Corinne. Tu as peur qu'ils me virent ? Si tu crois que je vais passer toute ma vie dans les ténèbres dantesques d'une salle de cinéma, tu me connais mal. Je croule sous les projets, moi… des projets épatants ! Sur ce, bye bye la compagnie ! (*Elle sort en coup de vent.*) À plus, ma Louise.

Louise. Ouf ! Une vraie tornade, cette gamine. Je la trouve attachante, mais bavarde !

Jeanne. Elle est amusante.

Louise. Elle veut devenir comédienne. Mais je ne t'ai rien dit, c'est un secret. Lucie me l'avait présentée. Elles étudiaient dans le même lycée.

Jeanne. Et toi ? Par rapport à la foire, aux copains, à ta vie d'avant, comment te sens-tu ?

Louise. Oh, les copains ! Ils s'affairent dans leur vie à eux les copains. Moi, j'ai toujours vivoté dans la marge. Avec ma caravane, je me situais en dehors du lot, pas vraiment dedans.

Jeanne. Pas dedans ? Mais, tu étais aussi foraine qu'eux ! Tu louais une baraque et tu payais pour tes emplacements, exactement comme eux !

Louise. Oui, et alors ! Tu ne deviens pas foraine, comme ça, du jour au lendemain ! Plus qu'un métier, c'est un état d'esprit. Avec Lucie, la foire nous a adoptées ; nous avons fait partie de la famille, et pourtant, nous n'avons jamais eu l'esprit foire. Même en faisant semblant, je l'aurais jamais. Pour ça, il faut naître et grandir avec...

Moi, j'ai toujours senti que j'étais différente, une espèce de pièce rapportée. J'ai joué le jeu, tu me diras... J'étais devenue Louise, voyante à la foire du Trône... jusqu'au moment où j'ai compris que je devais voler de mes propres ailes. Alors, j'ai pris mon indépendance et j'ai atterri ici, au métro Saint-Paul.

Jeanne. Moi, il m'arrive de tout oublier... la foire, mon numéro. Mon mari ne sait rien. Pour l'instant, il ignore tout de mon passé.

Pourvu que ça dure !

Je touche du bois.

Louise. Ton passé... ton passé... Il n'a rien d'anormal, ton passé ! Et ceux qui disent le contraire méritent des baffes. Tu faisais un phénomène, pas la pute !

Jeanne. Justement. Si j'avais su... Les prostituées se font respecter, parce qu'elles gagnent beaucoup d'argent.

Louise. Ne dis pas de bêtises ! Les putes en bavent autant que nous autres. Elles en ont marre d'être exploitées. Marre de prendre des coups. Marre de se maquiller pour donner le change. Nuit et jour, elles arpentent leur bout de trottoir en tortillant leur popotin. Tu appelles ça vivre ! Être bien vue de la société !

Moi, j'appelle ça de l'esclavage ! La terre tourne autour de l'argent ; le fric, la tune, l'oseille, voilà tout ce qui compte... La prostituée tourne, elle aussi ; elle le fait pour gagner sa vie. Bien des femmes tournent en rond. Elles y sont obligées. Surtout les femmes seules ! Les plus exploitées, les plus fragiles, les plus malheureuses. Nous tournons, Jeanne... Nous tournons pour des salaires de misère. Nous tournons en cloques jusqu'au cou. Nous tournons pour élever des gosses sans père ; et quand de vieux sénateurs descendent la rue de Tournon, ils ferment les yeux sur la détresse des femmes et sourient aux lampadaires pour se donner une contenance. Ils se déplacent comme des évêques défroqués... des ombres à sacerdoce brisé. Pour eux, la femme n'existe que comme une abstraction.

Jeanne. Tu as raison, Louise. Nous sommes condamnées à vivoter dans leur sillage. Les hommes ont le droit de s'épanouir, tandis que nous, bernique !

Nos mères se comportaient déjà ainsi, obéissantes, dépendantes, embarquées à vie dans une seule aventure, le mariage et la maternité. Sur terre, la femme est désignée comme un accessoire, un bel objet... le sexe fort nous consomme depuis l'Antiquité, la Préhistoire, et même avant. Et si tu veux te rebiffer ou divorcer, comme moi, t'en prends plein la tronche.

Louise. Les femmes doivent se battre. Il faut qu'elles prennent leur destinée en mains. Celles qui ont commencé la lutte, comme Simone Veil, je les admire. Les plus timorées mettront du temps à comprendre, mais elles y parviendront. C'est surtout une question de temps...

Jeanne. Ou d'utopie. Ils la ramènent tellement avec leur instrument. Pour ces messieurs, tout passe par là : leur sacro-sainte verge ! J'en ai soupé du sexe faible, nous naissons au féminin ! Juste après l'accouchement, la sage-femme pousse un grand cri d'effroi : « Une fille ! » Le mot fille quitte la chambre, dévale l'escalier, saute par la fenêtre de la maternité, et finit en queue de poisse sous les roues d'une DS verte qui fonçait dans le brouillard. Les jours, les mois, les années passent, la fillette devient une vraie jeune fille, qui se comportera en femme, puis en mère à son tour et, la boucle est bouclée. Mon père ne m'a jamais embrassée.

Quand je m'approchais de lui, il se raidissait. À quoi bon espérer un câlin, un geste tendre, un regard même ? J'embrassais un mur. J'étais une fille !

Louise. Jeanne, j'ai l'impression que tu les détestes...

Jeanne. Et toi ? Tu les aimes ?

Louise. Moi... Je soigne des cœurs brisés à longueur de journée, alors à force... Regarde mon As de cœur, il est tellement espéré qu'il s'efface complètement.

Jeanne. Tu t'occupes aussi du cœur des hommes ?

Louise. Oui, ça arrive... Même si c'est plus rare.

Jeanne. Moi, je dirais qu'ils viennent surtout pour ton As de trèfle. Le grisbi, voilà ce qui les fait courir ! Enfin, la voyance c'est ton truc. Je le respecte, même si je trouve ça bidon. D'après moi, tu consoles... Tu fais du bien à des paumés, tu combats la désespérance. Si tu n'existais pas, on ramasserait les suicidés à la pelle. On les ramasserait comme des feuilles mortes.

Sans toi, je ne serais pas restée aussi longtemps à la foire. Louise, tu m'as toujours défendue, je ne l'oublierai pas. Tu es mon amie pour la vie. Et si un jour... si je peux t'aider, n'hésite pas !

Mince, où est-elle fourrée ? La voilà ! Tiens, je te laisse ma carte de visite. Tout est indiqué dessus : mon téléphone, mon adresse... tu passes quand tu veux.

Louise. Merci. *(Jeanne se lève.)* Tu pars déjà !

Jeanne. Les enfants doivent m'attendre... *(Elle embrasse Louise.)* Je n'aimerais pas qu'ils s'inquiètent.

Louise. Embrasse-les fort pour moi... Tu n'oublies rien ?

Jeanne. Mais non, j'ai tout. *(Elle ouvre la porte.)* Appelle-moi. Je compte sur toi.

Jeanne sort. Les bruits de la rue s'engouffrent dans la roulotte.

Louise. Attention à la tête ! *(Elle crie par-dessus le vacarme de la ville.)* Eh, Jeanne... Jeanne ! *(La porte est refermée. Le silence retombe dans la caravane.)* Pour l'As de trèfle... Tu as raison. Il est encore plus effacé que l'As de cœur. Saloperies de cartes, va !

Louise lance le jeu en l'air et se dirige vers une coiffeuse installée devant un paravent. Elle arrange ses cheveux, se regarde dans le miroir, et répète plusieurs fois :

Astro-Minute ! Astro bidule, cocotte minute, tricheuse, menteuse.

C'est Louise qui vit ici ! Non, sans blague... Louise ? Vous avez dit Louise ? Parfaitement. Enfin, très chère, pour les usagers du métro Saint-Paul vous existez dans une boule de verre. Tout le quartier vous croit maboule ! Réveille-toi, Louise ! Tes cartes et ton pendule, tout le monde s'en moque. Les gens ont bien d'autres soucis. Les promoteurs expulsent la moitié du Marais ! La Mairie veut reconstruire, elle rase les vieux immeubles. Les habitants, dehors ! Les vaches ! Ils n'y vont pas de main morte. Des rues entières passent à la trappe ! Nous assistons à la pire démolition du siècle ! À l'Opus Dei des façades éventrées ! Une misère, qu'ils nous font là. Des doubles rideaux flottent, pendouillent, s'accrochent désespérément aux encadrements de fenêtres. À quoi bon résister, tas de velours ? Décrochez-vous des fenestrons ! Lâchez prise, les amis ! Quoi que vous fassiez, vous finirez sous des tonnes de gravats. Quel gâchis ! Quand je vois toutes ces rues en chantier... ces rues rasées, défigurées, défoncées par des bulldozers, je rue dans les brancards.

Le cœur de Paris change... Non ! Paris tire une sale gueule ! Ville ingrate, mauvaise fille... Tu devrais rougir de ton carnage ! Et le cinéma aussi tu veux le démolir ! Au fait, il te dérange en quoi, le cinéma ? Hein ! Tu vieillis, ma pauvre. Tu livres ton âme à des supermarchés, et tu te dégrades inexorablement. En plus, tu déplaces ma clientèle ! Tu l'expédies en grande banlieue !

Paris gronde, Paris crève, Paris ne chante plus, tout le populo est déménagé ! Que sont devenues tes cours muettes, tes impasses aveugles ? C'est le bourgeois qui t'a bien engrossée ! Pauvre cloche, va... je te préférais avant ! D'abord, tout le monde se connaissait, et quand la foule se baladait, il se passait toujours quelque chose. Même qu'en fermant les yeux, j'arrive encore à m'en souvenir...

Des notes de musique s'enfuient par une lucarne, un gosse chipe le ballon des grands, une scène de ménage sur un balcon, et le vitrier qui passe... le rémouleur, le rempailleur, le joueur d'orgue de barbarie, sans oublier l'antiquaire, toujours très pressé, la petite marchande des quatre-saisons qui colorie les trottoirs de fruits et légumes, et la carriole à bras du ramasseur de cartons, un homme pour la tirer, un vieux chien qui la suit. *(Deux coups brefs au carreau. Elle écarte le rideau de la fenêtre.)* Picard ! Il m'était complètement sorti de la tête... Voilà, j'arrive !

Quatrième tableau

Louise ouvre la porte. Les bruits de la ville se faufilent dans la roulotte, ainsi qu'une chanson d'Édith Piaf, jouée à l'accordéon. Elle est installée devant sa table. Boule de cristal, tarots de Marseille, pendule et autres accessoires sont sagement alignés sur une nappe en velours vieux rouge. La flamme d'une bougie se consume doucement... Elle illumine les yeux clairs de Louise, transperce de tous ses feux la boule, et miroite en coquetterie sur son visage concentré. Cette lumière bouleverse son expression ; elle lui donne une touche d'étrangeté, de mystère insondable. L'illusion fonctionne à la perfection. Assis sur une chaise paillée, Picard n'ose même pas respirer. Il a retiré son chapeau. Veste, pantalon, gilet, chemise, la grisaille domine chaque détail vestimentaire de cet homme timide et effacé.

Louise. Alors, Monsieur Picard, que vous voulez-vous ? La boule, les dés, le Grand Jeu ?

Picard. J'hésite. Tout va tellement mal, de plus en plus mal... À croire qu'elle m'a jeté un sort. Elle en serait capable, vous savez ?

Louise. Mais non... À force de ruminer, vous mélangez tout. Qu'elle ait du talent pour vous pourrir la vie, c'est possible ; cette femme possède un véritable don d'emmerdeuse, si vous voyez ce que je veux dire. Mais son pouvoir s'arrête là, heureusement !

Picard. Je ne me sens pas dans mon assiette. Souvent, ma respiration se coupe, comme si j'avais un sac de ciment sur la poitrine. Alors ! Et si c'était un signe d'envoûtement ?

Si le Malin était posé sur moi ?

Si j'étais ensorcelé, tout simplement !

Louise. Si, si, si... calmez-vous, et écoutez-moi ! La dernière fois, j'ai vérifié votre jeu. Tout paraissait normal.

Picard. Oui. Mais, peut-être qu'en cherchant différemment ?

Louise. En somme, vous voulez une séance de désenvoûtement ! Je ne le pratique pas. Vous le savez bien, Monsieur Picard. Mais je peux vous envoyer chez une amie qui...

Picard. Surtout pas ! Tirez-moi les cartes ! Celles-là, les grandes...

Louise. Le tarot de Marseille. *(Elle commence à mélanger le jeu.)* Au fait, mon talisman... Vous l'avez porté, j'espère !

Picard. Votre bout de coton ? C'est que justement...

Louise. Justement, quoi ! Tenez, coupez de la main gauche.

Picard. Suzy est tombée dessus.

Louise. Zut alors ! Je vous avais pourtant conseillé de le cacher.

Picard. Il l'était ! Plié dans un mouchoir, et enfoui dans la poche-révolver de ma veste en tweed.

Louise. Parfait. Restez concentré... Très bien ! Donnez-moi un nombre à présent.

Picard. Huit... Le lendemain, comme il pleuvait, j'avais mis un imper et... et je ne pensais plus du tout à votre talisman. D'habitude, elle ne fouille pas dans mes affaires, mais ce jour-là, quand je suis rentré du bureau, elle m'attendait de pied ferme, avec sa tête des mauvais jours. Mon grigri était couché dans sa main gauche ! Avec sa manie de tout vouloir ranger, le mouchoir a dû glisser. Quel idiot ! J'aurais dû prévoir !

Louise. Mon cher Marcel, dans la vie, on ne prend jamais assez de précautions, surtout avec un outil pareil ! Ah, l'Empereur... Cette carte vous représente. Un nouveau chiffre, à présent.

Picard. Trois... Mais pour en revenir à votre talisman, elle le posa violemment sur la table, en attendant des explications.

Louise. Quel culot ! À votre âge, un homme n'a plus de comptes à rendre. Tiens, tiens, un changement dans l'opposition... La Force vient de sortir. Regardez, elle ouvre tout grand sa gueule de lionne !

Picard. Je peux voir ? Ah oui, très impressionnant ! Vraiment, très surprenant !

Louise. Une amazone ! Une mante religieuse, Saturne dévorant ses enfants... son ventre se referme comme une mâchoire. Un gouffre vorace. Elle vous dévore Picard. Elle vous bouffe. Elle vous coupe les ailes, et tout le reste avec ! Votre mauvais sort, c'est elle !

Picard. Si seulement, je trouvais la force de la quitter. Mais devant elle, je perds mes moyens. Tout devient impossible. Tenez, pas plus tard qu'hier soir, j'ai eu un accident.

Louise. Pas grave, j'espère ! Donnez-moi un autre chiffre, s'il vous plaît.

Picard. Douze... Non, dix ! Avant de me coucher, je

fais des bains de bouche. À cause de mes gencives, elles saignent souvent ; et comme j'ai peur des bactéries. Une infection est si vite arrivée, surtout avec tous ces germes qui vous colonisent les chairs !

Bref, l'eau était posée sur le feu, elle frémissait...

Louise. Ah, la Mort ! Un squelette qui marche.

Picard. Je m'en doutais. C'est grave ?

Louise. Absolument pas ! La Mort représente la fin d'une période, une évolution. Vous entrez dans une zone de bouleversements. Encore une carte...

Picard. Le six ! Parce que bouleversé, je le suis… et pas qu'un peu ! Quand j'ai voulu attraper la casserole d'eau, elle a surgi comme un bolide. Elle tenait un marteau. C'était si bizarre de la voir avec un outil tranchant dans les mains, que j'ai sursauté et tout renversé. J'ai pris toute l'eau bouillante sur le pied ! Louise, comment auriez-vous réagi à sa place ? Une femme compatissante m'aurait aidé, n'est-ce pas ! C'était quand même une urgence, un cas de force majeure. Son attitude m'a chagriné. Non seulement elle ne m'a pas aidé, mais en plus, elle a éclaté de rire ! Devant ma douleur, elle s'esclaffait.

Vous voulez voir mon pied !

Regardez, je porte encore les traces... Je suis quand même brûlé au deuxième degré !

Louise. Quelle horreur ! Vous avez dû souffrir le martyre !

Picard. Je l'ai échappé belle ! Si ça se trouve, elle désirait me... Oh non ! Pas à ce point-là. Elle n'irait pas jusqu'à... sûrement pas !

Louise. Marcel, quand une femme se déplace avec un objet aussi coupant, il faut s'attendre au pire. Je retourne la carte et... mazette, l'Amoureux !

Picard. L'amour... Ce n'est plus de mon âge, toutes ces bêtises.

Louise. Allons, Monsieur Picard... à cinquante ans, on ne se considère pas comme un vieillard !

Picard. Cinquante huit, Madame Louise ! Bientôt soixante...

Louise. Dans votre jeu, l'Amoureux ne se positionne pas. Regardez ! Il se tient le cul entre deux chaises. Cet homme-là doit trancher. Prendre une décision. Explorons la suite avec une dernière carte...

Picard. Je vous donne encore un chiffre !

Louise. Oui. Nous approchons de la conclusion.

Picard. Déjà ! Le temps passe si vite avec vous. Bon, que diriez-vous du trois ?

Louise. Oh, je ne veux pas vous influencer. Ce jeu vous concerne ! Voyons voir... l'Impératrice. Pas mal du tout... Décidément, une rencontre s'annonce.

Une femme, Marcel ! Elle s'achemine vers vous ! Une personne douce, aimante, gracieuse. Elle se profile, se rapproche...

Aucun doute, elle arrive !

Picard. Fichtre ! Et, d'après vous, elle arrivera dans combien de temps ?

Louise. Trois semaines... un ou deux mois, au maximum !

Picard. Quelle taille ? A-t-elle les yeux bleus ? Ses cheveux sont coiffés comment ?

Louise. Pour le savoir, il me faudrait élargir la consultation. Évidemment, ma prospection vous coûtera un supplément.

Picard. Je comprends… en somme, vous ne voulez pas m'aider !

Louise. Mais si ! Vos cartes viennent de parler. Une rencontre va se concrétiser. La chance vous sourit. D'un côté, vous avez tiré la Force qui met en relief votre soif d'amour vrai ; de l'autre, l'Impératrice vous apporte la générosité, l'harmonie, la sensualité. Je vous vois renaître, flotter dans une réelle protection féminine.

Vous allez rattraper le temps perdu. Vous ouvrir au monde. Vous allez vivre Picard ! Et vous sentir, enfin, heureux.

Picard. Je n'en demande pas tant. Vous oubliez ma sœur... Qu'est-ce qu'elle devient dans tout ça ? Elle a toujours été jalouse, vous le savez bien. D'une jalousie maladive.

Chaque soir, quand je rentre du bureau, elle contrôle mon odeur. Elle ne vient pas vers moi pour m'embrasser, mais pour me sentir. Elle me flaire. Elle me renifle... et comme une chienne avec ses petits, elle me couve.

Louise. Quittez-la !

Picard. Qu'est-ce que vous dites ?

Louise. Fuyez, partez, libérez-vous... Vous en crèverez, sinon !

Picard. Eh là... comme vous y allez ! Une pareille décision ne se prend pas à la légère.

Suzy m'étouffe, mais je suis l'aîné ! Depuis trente ans, elle m'empoisonne la vie. Toutefois, si je disparais, qui prendra soin d'elle ? Qui ? Personne... Je suis devenue sa béquille, sa seule famille, son unique soutien.

De plus, il est hors de question que je lui laisse l'appartement.

Louise. Conclusion, vous préférez souffrir et cohabiter avec une garce !

Picard. Non, mais il faudrait vendre l'appartement...

Louise. Vendez !

Picard. Elle refusera, j'en mettrais ma main au feu. Je ne suis pas libre, vous comprenez ?

Louise. Dans ce cas, trouvez-vous un meublé ! Une chambre au mois, ce n'est pas si mal pour débuter.

Picard. Je vivrais dans un garni !

Louise. Et, pourquoi pas ? Moi, à votre place, je n'hésiterais pas.

Picard. Si encore j'étais sûr de la rencontrer...

Louise. Qui ça ?

Picard. Mais la femme de mon jeu, l'Impératrice ! Vous croyez qu'elle est blonde ?

Louise. Écoutez, Marcel, je ne suis pas Madame Soleil. Vous êtes tous pareils, vous, les hommes... On vous parle de rencontre et vous extrapolez. Tout de suite une belle Suédoise !

Picard. Finalement, vous m'avez annoncé tout ça, exprès...

Louise. Comment ça, exprès !

Picard. Ben oui ! Exprès pour que je vous commande le Grand Jeu.

Louise. Bien ! Je tire une carte pour voir la couleur de ses cheveux. Mais attention, quand je dis une… après, j'arrête ! Je suis trop faible, moi... Et pis, j'ai encore du monde après vous. Allez, donnez-moi un chiffre.

Picard. Le huit ! Vous avez changé de jeu !

Louise. Oui... Un, deux, trois, Valet de pique. Quatre, cinq, six... la dame de trèfle. Sept et huit, ce qui tombe sur l'As de cœur. Alors là, je confirme ! Une chevelure blonde ou châtain clair. Et sauf erreur de ma part, vous êtes drôlement verni ! Sur ce...

Picard. Je me trouve si ridicule...

Louise. Mais non ! Vous êtes juste bloqué dans une situation terriblement complexe. Mais la roue tourne, mon cher Picard, il suffit de croire en sa bonne étoile. Tenez ! Si j'étais vous, je découcherais. Puis, je filerais me taper la cloche dans un fameux resto et je finirais ma nuit dans une chambre d'hôtel sympa. Les 3 Étoiles pullulent dans le quartier, vous avez l'embarras du choix.

Picard. Manger tout seul, ce n'est pas marrant.

Louise. Comment le savez-vous ? Vous avez déjà essayé ?

Picard. Surtout pas ! Je ne vais jamais au restaurant !

Louise. Raison de plus pour commencer ce soir.

Voyons Marcel, si vous désirez rencontrer des femmes, il faut sortir !

Picard. Sortir... sortir... Il est à peine sept heures. À cette heure-ci, je n'ai pas faim.

Louise. Écoutez, monsieur Picard, une de mes clientes doit arriver d'une seconde à l'autre. Alors, sans vouloir vous bousculer, efforçons-nous de conclure. Quand préférez-vous que je note votre prochain rendez-vous !

Picard. Inutile de vous fatiguer, j'ai compris. Ma présence vous pèse. Ne vous inquiétez pas, je pars.

Louise. Si je vous inscris dans un mois, le 8, à la même heure... ça vous va !

Picard. Tout va de travers. Mes ennuis ont commencé le jour de ma naissance ; et depuis, ils n'ont jamais cessé. Déjà, quand on s'appelle Picard... Les surgelés, vous connaissez ?

Louise. Plongez-vous dans le bottin, Marcel ! Vous découvrirez des tas de noms cornichons ; lisez-le, par curiosité... Vous trouverez des Chapeaux, des Marteaux, des Nichons et même des Connards !

Picard. Chapeau, j'aime assez.

Alors que Picard… je porte le nom d'une race de chien de berger.

Louise. Et Ricard correspond à une marque de pastis. J'en siroterais bien une gorgée, moi !

Picard. Je ne vois pas le rapport…

Louise. Moi non plus… Ne cherchez pas à comprendre, quand je tombe de sommeil, je raconte n'importe quoi.

Une main tambourine discrètement à la porte…

Louise. Quand je vous le disais… Je suis débordée. Les visiteurs se succèdent !

Les coups finissent par s'amplifier.

Lucie. Maman… J'ai entendu ta voix. Ouvre, c'est moi !

Louise. J'arrive… J'en ai pour une minute.

Picard. J'allais me sauver, justement… Vous m'avez bien noté pour le huit ?

Louise. Mais oui… Je vous ai inscrit le 8, à votre heure préférée. D'ici là, ouvrez l'œil, et n'oubliez pas… Votre vie peut changer, il suffit de garder la foi ! À très bientôt Marcel.

Attention à la marche !

Picard. Merci. (*Saluant Lucie qui entre*), Mademoiselle, mes hommages…

Lucie. Ma parole, tu deviens complètement sourde ! Je tape dans ta vitre, depuis une heure ! Tu ne m'as pas entendue ? D'où vient-il, celui-là ? Je lui trouve un drôle d'air…

Louise. Lui, c'est Picard ! Un brave homme. Il travaille aux Impôts, rue de Rivoli. Quelle heure est-il ?

Lucie. Dis donc, tu n'as pas oublié, j'espère ! Nous avons rendez-vous pour visiter l'appartement à vingt heures précises !

Louise. Je t'ai écrit… tu n'as pas reçu mon message !

Lucie. Quel message !

Louise. Mais pour changer la date du rendez-vous ! Je t'ai envoyé un mot.

Lucie. Tu te moques de moi !

Je me déplace jusqu'ici, dans ta souricière de voyante que je déteste, pour t'accompagner à un rendez-vous vachement important et, toi... Toi, tu changes tout au dernier moment !

Louise. Lucie ! Calme-toi... Primo, je t'ai prévenue. Tu ne peux rien me reprocher.

Secundo, j'attends du monde. J'ai promis de tirer les cartes à une ouvreuse. C'est ton amie Corinne qui me l'envoie.

Lucie. Rien à foutre de Corinne ! L'appartement passe avant toutes ces idioties.

Louise. Parle-moi sur un autre ton, tu veux ? Sinon... sinon, tu peux repartir.

Lucie. Mais maman... tu ne vas pas rester cloîtrée toute ta vie dans une roulotte !

Louise. Pourquoi ? J'y gagne ma croûte, moi, dans cette roulotte ; et je n'ai pas honte de mon métier, Mademoiselle l'Avocate.

Lucie. Je le sais bien que tu travailles dur... Je ne voulais pas te blesser.

Louise. Écoute, j'ai une idée ! Effectuons un détour par le cinéma, et nous avertirons la caissière.

Lucie. Tu comptes sortir déguisée de la sorte !

Louise. Pourquoi ? Je te fais honte !

Lucie. Mais non... Et si tu mettais un pantalon ?

Louise. Lequel ? Mon pantalon noir ?

Lucie. Oui. Il est très chic. Au fait, je voulais te confier un truc très important...

Louise. (*Elle s'habille derrière le paravent.*) Je t'écoute... Ah, la barbe ! J'ai encore grossi, moi. Tant pis pour le bouton du haut... Je ne le ferme pas. Les années passent et je n'arrête pas de me déformer. Quel ventre ! De profil, je ressemble à une baleine.

Lucie. J'ai un nouvel amoureux. Il s'appelle Benjamin et je suis folle de lui. Juste après la visite, je lui ai donné rendez-vous. Vous pourrez faire connaissance.

Louise. Tu aurais pu l'amener ici... Alors, je te plais !

Lucie. Et si tu choisissais un chemisier classique ?

Louise. Je peux enfiler mon débardeur orange...

Lucie. Écoute, habille-toi comme tu veux, mais accélère... Nous allons tout rater, sinon !

Louise. Ma tunique rose à franges met mon teint en valeur... Sa coupe toute droite m'amincit. Et dans quoi travaille-t-il, ce Benjamin ?

Lucie. Dans l'import-export. Tu as fini de te préparer !

Louise. Si je comprends bien, il vient du Sentier ?

Lucie. Mais non ! Il achète et revend des produits pharmaceutiques.

Louise. Je vois... Encore un trafiquant d'aspirine. Les médicaments devraient être donnés gratis pour tous ! Je ne retrouve plus mon sac ni mes clefs ! Pousse-toi ! Les voilà ! Bon, j'ai tout récupéré... En route, mauvaise troupe !

Lucie. Tu ne changeras jamais, ma jolie maman. Pas grave, je t'aime comme tu es. (*Elle l'embrasse.*)

Louise. Moi, je t'adore.

Cinquième tableau

Louise vit dans un salon d'apparence cossue. Un visiteur pourrait se sentir chez une bourgeoise, sauf que passé le premier coup d'œil, les accessoires de sa roulotte qui traînent partout dans son nouveau logement lui révéleraient sa véritable fonction. Louise arrive dans la pièce avec un arrosoir. Elle porte un tailleur et ses cheveux sont relevés en chignon. Elle s'approche d'une grande plante verte, installée devant la fenêtre.

Louise. Tiens, ma belle, bois ! Toujours agréable à prendre, n'est-ce pas ? Doucement... respire... je t'offre de l'eau, pas du champagne ! Dis donc, tu te laisses aller. Tu ne serais pas malade, toi, par hasard ! Tes feuilles piquent du nez ; elles changent de couleur, comme si un diablotin les avait barbouillées de jaune d'œuf. Avoue ! Tu ne te plais pas, ici ! Tu t'ennuies. Eh bien, je te comprends ! Je le trouve cent fois trop vaste cet appartement. Je ne peux pas m'y habituer. Plus c'est grand, plus c'est vide ! Je me sens piégée, moi, là-dedans. J'étouffe. Par moments, j'aimerais me sauver... ça te brancherait, une fugue au bord de la Seine ? Un tour au cinéma permanent, à Saint-Paul ? Ou alors, à Vincennes, comme au bon vieux temps.

Que veux-tu ? Je sais, je n'aurais pas dû accepter, mais Lucie a tellement insisté. Elle ne supportait pas ma roulotte... Elle a gagné. Je suis devenue une dame présentable. (*La sonnette retentit...*) La clientèle finira par user mon paillasson... Allez, au boulot Louise !

75

Louise quitte la pièce, et revient avec Élisabeth.

Élisabeth. Ma chère, vos escaliers m'ont éreintée. Ils pourraient quand même vous installer l'ascenseur !

Louise. Surtout pas ! Mon médecin dit toujours, cent marches par jour vous assurent un cœur de centenaire ! L'autre porte... le salon se trouve à gauche.

Élisabeth. Votre logement provoque le tournis, un vrai labyrinthe... Moi, je m'y perdrais.

Louise. Donnez-moi votre manteau, je vais le suspendre dans l'entrée. Prenez vos aises... je reviens !

Élisabeth. Merci. *(Elle se déplace dans la pièce en inspectant les meubles.)* Enfin, même s'il est trop spacieux, vous respirez quand même mieux ici qu'à Saint-Paul. Le quartier est devenu chic. Il est bien fréquenté, non ?

Louise. J'aimais mieux avant.

Élisabeth. Vous plaisantez ! Cependant, je vous comprends... Les lieux, on finit toujours par s'y attacher. C'est bête comme chou, mais... prenez le Bon Marché ! Il est situé juste en face de chez moi, et j'en suis folle. J'y vais au moins deux fois par jour !

Louise. Commençons. Que désirez-vous savoir ?

Élisabeth. Tout ! Mais non, je vous fais marcher. En réalité, je n'ai qu'une seule question à vous poser.

Louise. Évitons de parler pour ne rien dire. L'heure tourne... Je vous écoute.

Élisabeth. Alors, voilà... je vous ai apporté sa photo. Il s'agit d'un jeune homme de la haute, famille huppée, situation confortable.

Néanmoins, je désirerais en savoir plus... oui, j'aimerais obtenir des précisions. Louise, vous comprenez ce que je veux !

Louise. Montrez-le-moi ! Le cliché est flou, il me faut ma loupe. Là, je le vois bien à présent.

Par exemple, il tète encore sa mère !

Élisabeth. Il a 15 ans de moins que moi. Alors, comment le trouvez-vous ?

Louise. Jeunot, sans plus.

Élisabeth. Il porte beau, non ?

Louise. Disons qu'il a bonne mine.

Élisabeth. Je viens de le rencontrer. Un véritable coup de foudre ! J'en rêve nuit et jour. À mon âge, je vis une aventure excitante.

Mon mari a dû s'absenter jusqu'à la fin du mois. Il ignore tout de mon fol engouement ; mais bien entendu, si nous devions concrétiser, notre belle idylle éclatera au grand jour.

Pour l'instant, mon Adonis joue au chat et à la souris. Nos regards se croisent, nos doigts se frôlent, se cherchent, s'effleurent. Je me sens si fragile avec lui, si innocente, exactement comme une jeune fille sans expérience. En un mot comme en cent, ce garçon m'obsède, il m'a littéralement tourné la tête, j'en suis toute retournée.

Alors, très chère, qu'en dites-vous ?

Louise. Moi, je me méfie des coups de foudre. Avec ce genre de liaison, les femmes finissent soit à l'asile, soit sous un train, ce qui revient strictement au même.

Élisabeth. Mais j'ai une vie si ennuyeuse...

Louise. Ce n'est pas une raison pour la gâcher !

Élisabeth. Louise, vous devez m'éclairer ; je veux tout savoir sur ce garçon. Le reste, je m'en moque royalement.

78

Louise. Très bien. Pour explorer la question, vous avez le tarot, le cristal, la voyance, ou l'horoscope. Choisissez.

Élisabeth. L'horoscope... vous êtes très douée dans ce domaine. Oui, mais… il me manque des détails le concernant. Je ne connais ni son heure ni son mois de naissance ! Tant pis, va pour le cristal... Pour une fois, ça nous changera !

Louise. Vous connaissez son prénom ?

Élisabeth. Albert... comme le prince de Monac...

Louise. Chut ! Il vous a offert un objet en lien avec le temps, les heures et les années qui passent, vite, comme la lumière. Je vois une montre ancienne... Non ! Des aiguilles qui courent sur un cadran doré. Une horloge ! Oui, une horloge Napoléon.

Élisabeth. Alors là, je reste sans voix ! Il m'a effectivement acheté une adorable pendule chez un antiquaire. Mais, vous travaillez sans votre boule !

Louise. Silence ! La boule n'est qu'un accessoire. Alors que le cristal... Entendez-vous la pureté de son chant ? Ses ondes pénètrent en vous, en moi, partout !

Son prisme m'inonde, m'envahit, m'envoûte et... je vois une tête de vieillard ! Elle est tournée vers le ciel clairsemé d'étoiles. L'homme tient une coupe à bout de bras... Non, une pendule solaire ! Quand il la présente aux astres, son aiguille s'affole. Je ne comprends pas. Il s'échappe... S'enfonce dans la Voie lactée... Il disparaît. Trop tard, il est parti !

Élisabeth. À mon avis, on s'éloigne du sujet... Vous avez dû vous brancher sur Moïse, ou sur un autre patriarche de l'Ancien Testament. Est-ce qu'il revient ?

Louise. L'image brouille les courants magnétiques ; je vais essayer à présent de décrypter le message reflété par les ondes du cristal. Dans votre histoire personnelle, le temps s'invite deux fois de suite.

En premier lieu, il est représenté par un symbole : l'horloge. Ensuite, il resurgit à travers ce mage qui communique avec le ciel. Son message est limpide. Le temps agit contre vous. Le sablier de votre existence se trouve aux trois quarts vide, le couperet d'Edgar Poe vous attend au tournant. À quoi bon gambader après vos années mortes ? Élisabeth, ne jouez pas avec la vieillesse ; cette guetteuse de rides tient un carnet de comptes. Votre jeune bellâtre le sait ; il finira par se montrer cruel. Conclusion... sur la durée, vous l'aurez forcément dans le baba !

Élisabeth. Oh ! Loin de moi, l'intention de lui courir après ! Absolument pas ! J'ai juste envie de m'amuser, d'avancer à contre-courant, de remonter en direction de la source... comme un poisson d'eau douce.

Louise. Silence ! Il revient. Il lève la tête... Je vois très nettement ses traits. Alors là ! Quel culot !

Élisabeth. Que se passe-t-il ? Louise, répondez... Que voyez-vous ?

Louise. Votre Albert a chassé le patriarche ; son vrai visage s'impose. Sa figure d'adolescent attrayante cherche la lumière. Il joue avec son image, comme avec un masque. Il s'offre au soleil. Non, il s'admire... Le cadran doré a été transformé en miroir. Son reflet s'estompe. Je ne le discerne plus. Tout s'obscurcit... Il s'échappe, se désintègre. Ciel ! Dans un accès de colère, il a jeté la pendule.

Élisabeth. Mais c'est un fou !

Louise. Pas du tout. Cet homme ne songe qu'à vous séduire. Oh ! Il revient... Le soleil noircit, s'éteint comme un projecteur de théâtre. Une averse se prépare. Des gouttes s'écrasent sur une multitude de reflets. On dirait une mosaïque... Non, un miroir brisé.

À l'intérieur, je vois de nombreux visages... des visages de femmes dévastés. Ils sont morcelés, et des larmes les défigurent. Comme la pluie efface tout, leurs traits se déforment.

Je ne peux pas les compter, il y en a trop.

Tout est fini ! Seule, une flaque d'eau subsiste.

Élisabeth. Ma chère, je suis sidérée. Votre histoire me glace les os.

Louise. Accordez-moi deux secondes de répit. Je dois retrouver mon souffle. Puis, je m'occuperai de vous...

Élisabeth. Vous paraissez vannée. Vous êtes sûre que vous allez bien !

Louise. Oui... À la suite d'un grand effort de concentration, il me faut du temps pour revenir.

Élisabeth. Pourquoi ? Vous étiez partie vraiment loin !

Louise. Assez... Pour voir, je dois également voyager dans le passé... mais ce transfert sidéral serait trop long à expliquer. Retrouvons, sans tarder, votre avenir.

Élisabeth. À quoi bon ? J'ai tout compris.

Ce jeune homme agit en coquin, et collectionne les cœurs brisés. Je méprise les Casanova de pacotille. De plus, j'ai passé l'âge de souffrir pour un gigolo.

Ma décision est prise, je garde mon mari !

Entre les deux, je choisis la raison, et ma réputation est sauve.

Louise. Vous ne l'aimez plus du tout !

Élisabeth. Qui donc ? Mon mari ! Oh, l'amour avec lui... depuis belle lurette, nous réchauffons les plats. Nous vivons comme des aveugles, à force. Je suis mariée à ses vieilles pantoufles. Si j'avais su...

Dire que j'ai failli épouser un commandant de vaisseau ! Un gaillard grand, fort, séduisant. Une excellente famille, naturellement. Au dernier moment, l'affaire a capoté.

Dommage, nous aurions fait un beau couple !

Au fait, quelle heure est-il ?

Louise. J'ai entendu 6 heures sonner...

Élisabeth. Déjà ! Mais je suis à la bourre... Vite, mon manteau !

La porte d'entrée est violemment claquée. Des sanglots parviennent jusqu'au séjour...

Louise. Attendez-moi, deux secondes ! Je reviens... *(Voix de Louise qui console sa fille.)* Oh, mon bébé, mon canari, mon tout-petit, que se passe-t-il ?

Écoute mon ange, je reçois du monde...

Lucie. Tu as toujours du monde !

Louise. Calme-toi...

Lucie. Tu veux me cacher ! *(Elle ouvre la porte du salon, et Louise se précipite derrière elle.)*

Bonjour, Madame ! Je m'appelle Lucie. Je suis la fille de Louise.

Élisabeth. Enchantée. J'étais justement sur le point de m'en aller.

Lucie. Vous partez à cause de moi !

Louise. Mais non, mon doux lapin. Élisabeth est très pressée...

Lucie. Écoute, maman ! Ton lapin a grandi ; j'ai passé l'âge du bestiaire.

Élisabeth. Louise, j'aimerais beaucoup récupérer mon manteau et...

Louise. Tout de suite, Élisabeth... je vous l'apporte immédiatement. (*Elle va le chercher.*)

Lucie. Vous prenez ma mère pour votre domestique !

Élisabeth. Le chagrin vous égare, Mademoiselle.

Lucie. Elle vaut cent fois plus que vous, sale bourgeoise, vieux tromblon, tête à claques !

Louise. (*En rentrant dans la pièce, elle entend les derniers mots de sa fille.*) Lucie !
Tu vas t'excuser, immédiatement.

Élisabeth. Ah ! Mon manteau, merci. Mon amie, je vous laisse à votre furie. Non, ne vous dérangez pas, je connais le chemin.
On se téléphone. Bye !

Bruit de la porte d'entrée qui se referme.

Lucie. Pourquoi me regardes-tu aussi bizarrement ?

Louise. Pour rien, je suis fatiguée.

Lucie. Oh, maman ! Pardon. Je m'excuse. Benjamin m'a quittée... Il ne veut plus de moi.

Il ne disait rien au début, mais j'ai tout compris. Il se montrait si penaud. Nous buvions un verre, quand il a cherché à s'éclipser… comme un voleur, d'un seul coup, sans la moindre explication. Je n'ai jamais connu une personne aussi lâche. Il détournait les yeux, comme un coupable. Alors, j'ai vu rouge, et la gifle est partie. Je lui ai mis une baffe retentissante, devant tout le monde ! C'est tout l'effet que ça te fait !

Louise. L'amour doit prendre des risques pour exister, sinon c'est de la tisane. Quand on aime, ma chérie, il faut s'attendre à tout.

Lucie. Tu te moques de moi !

Louise. Mais non, j'essaie seulement de te faire rire.

Lucie. Reconnais que mes histoires t'ennuient. Tu préfères écouter les sempiternels délires de tes riches clientes. Et si j'attendais un bébé ?

Louise. Qu'est-ce que tu dis ?

Lucie. Le bouquet, n'est-ce pas ! Avocate et fille-mère… les vannes au palais vont se déchaîner.

Louise. Lucie, arrête de mentir !

Lucie. Mais, je ne mens pas ! Je m'efforce de lui trouver des circonstances aggravantes. Oh, maman ! Je suis si désespérée...

Je ne veux pas d'enfant. Jamais. Tu m'entends ! Jamais ! J'en ai soupé du malheur. Il est là, à tournicoter entre nous deux comme un démon. Il nous guette, depuis ma naissance.

Ce jour-là, un truc a dû clocher... Je n'étais pas attendue ! Je suis venue au monde sous le signe du péché ! J'ai gâché ton existence ! Oh, pas de danger que tu t'expliques !

Tu ne dis rien. Jamais rien ! Toute ta vie d'avant est cachée. Pourquoi ? Parle !

Louise. Tu n'as pas gâché ma vie, Lucie, bien au contraire !

Ce jour-là, comme tu l'appelles, ne fut pas une date comme les autres. Les pauvres se souviendront très longtemps de l'hiver 56...

De cet hiver glacial qui provoqua une hécatombe dans les bidonvilles. Et moi... moi, je t'attendais. J'avais à peine dix-huit ans, et je me retrouvais enceinte de toi. Prête à accoucher, je ne savais pas où dormir. Tous les hôtels maternels affichaient complet. La veille, j'avais dépensé en nourriture le seul argent qui me restait.

Il neigeait sur Paris. La ville devenait toute blanche...

Elle se transformait en cité fantôme. Des heures durant, j'ai marché… j'avançais en essayant de ne pas glisser. Des engelures brûlaient l'extrémité de mes doigts, et quand mes pieds ont commencé à geler, j'ai trébuché. Ce soir-là, j'ai dû croiser des passants ; ils s'empressaient de rentrer chez eux, pour se mettre au chaud et réveillonner. Je ne les blâme pas…

Je vivais dans la rue depuis une semaine. Les nuits précédentes, j'avais dormi dans des cages d'escalier.

J'avais faim. J'avais froid. Je continuais à marcher… L'obscurité est vite tombée. Son ombre descendait sur les toits comme une écharpe de soie bleu-marine. Le ciel se délavait ; il pâlissait, et des flocons de neige tournoyaient toujours. Ils batifolaient comme des lucioles tout autour des lampes de rue. Un spectacle féérique qui me rappelait les contes de mon enfance. Je m'arrêtais un instant, et regardais les scintillements sur le trottoir de milliers de diamants éphémères.

Toi, ma Lucie, tu envoyais des coups de pied dans mon ventre, tu réclamais à sortir, et je devinais imminente la venue de mon grand bonheur. J'avais si froid, que je ne sentais pas les douleurs. Comme tu étais devenue ma seule raison de vivre, je te parlais et je marchais toujours dans la ville.

Après, je ne sais plus…

Le vent a dû se calmer, j'ai entendu des cris, des couleurs ont dansé tout autour de moi.

Puis mon corps est tombé ; il s'est enfoncé dans une matière douce et glacée. C'était profond… on aurait dit un matelas de plumes. Un tas de neige venait d'amortir ma chute. Juste après, j'ai compris que je perdais les eaux. Un liquide chaud coulait entre mes cuisses. Mon bébé sortait ! Tu allais naître, Lucie ! Et je n'avais plus assez de forces pour me relever… Alors, j'ai posé les mains sur mon ventre pour te protéger des bourrasques. Et pour oublier le froid, la faim, la fatigue, la ville trop blanche, j'ai fermé les yeux et senti tout mon corps qui se relâchait.

Soudain, comme dans un rêve, un chant s'est levé dans la nuit : *Le Chant lointain des manèges dans la neige…* Il résonnait dans l'obscurité comme une comptine d'autrefois. Sa rengaine m'enveloppait. Elle passait sur moi comme un souffle chaud ; elle réchauffait mon ventre, mes mains, mes pieds. En l'écoutant, j'ai pu résister au froid. La musique me tenait en vie, tu comprends ?

Et puis, le silence est revenu, la terre a cessé de respirer, mon corps est devenu transparent comme du cristal, invisible comme un flocon. La blancheur recouvrait tout. La neige tombait toujours… Elle se nichait sur mes paupières, et m'empêchait d'ouvrir les yeux. Son lourd manteau d'hermine écrasait ma poitrine ; il me glaçait jusqu'aux os.

À cet instant, la silhouette de ma grand-mère a surgi.

Elle portait une robe du soir en satin rouge, et me souriait en jouant une berceuse de Chopin.

Quand son visage et les notes de piano ont disparu, j'ai dû prier. Oui. J'ai récité un Pater, et je me suis évanouie.

Entre-temps, mon canari, tu étais sortie de mon ventre. Et je ne t'ai pas entendu crier. Pourtant tu as pleuré fort... plus fort que la musique ! Tes vagissements ont transpercé la nuit. Ils ont circulé entre les manèges, comme une sirène. Alors, ils ont tous rappliqué ; et quand j'ai ouvert les yeux, j'étais couchée dans la caravane de Pierre, un poêle à mazout ronronnait au pied de mon lit et un médecin écoutait mon pouls. La foire venait de nous adopter, et tu dormais tout contre moi. Tu étais si jolie, ma Lucie ! Tu étais ma nuit de Noël, mon bonheur, mon seul lien tangible avec la terre.

Sans toi, je serais morte de froid !

Lucie. Si je comprends bien, je suis née dans une baraque de foire !

Louise. Non, dans une congère.

Lucie. Dans quoi ?

Louise. Dans un tas de neige.

Lucie. Je vois... Et mon père dans tout cela ?

Louisc. Je ne veux pas en discuter aujourd'hui...

Lucie. Mais tu n'as jamais envie d'en parler ! J'ai quand même le droit de connaître son identité !

Louise. Promis ! Je te donnerai son pedigree, une autre fois. Sérieusement, Lucie, cette histoire de maternité tombe mal. Tu passes ton concours d'avocat dans un mois et…

Lucie. Je te rassure tout de suite... Je ne suis pas enceinte. Dois-je te rappeler que je prends la pilule ? Toi, en revanche, tu fumes trop ! Tu devrais arrêter.

Louise. Bien docteur ! Franchement, mourir du tabac ou de vieillesse, le résultat revient au même. Que fais-tu ? Tu te sauves ! Déjà ! Tu ne veux pas rester ! Nous pourrions dîner ensemble.

Lucie. Je dois terminer un dossier très important. Laisse-moi partir ! Je passerai te voir dimanche. Nous irons au cinéma, d'accord ? *(Elle l'embrasse.)*
(En sortant) Aïe ! Ce meuble prend trop de place ! Chaque fois, je me cogne dedans ; tu devrais le virer... Au revoir, ma géniale voyante que j'aime, à dimanche !

Louise. Entendu, je le descendrai à la cave... Je m'en occupe ! Lucie, mon bébé... Attends ! J'aimerais te dire... (*La porte d'entrée se ferme sur les pas de Lucie dévalant l'escalier.*) Trop tard !

Elle va, elle vient, elle court toute la sainte journée et, au moment où je veux lui confier que son père ne valait rien, elle disparaît.

Après tout, elle grandit. À son âge, elle a raison de grandir... Moi, avec le temps qui passe, je me ratatine.

Sixième tableau

Hiver 1995. Pierre a quitté la foire. Lucie a cherché à le revoir, en vain... Aux dernières nouvelles, il habiterait au Quartier latin dans une mansarde. À une table de café, le témoin écoute les souvenirs des amis de Louise.

Pierre. Qu'est-ce que tu bois, le muet ? Une bière ? Patron, deux Pelfort...

Au fait, tu n'aurais pas croisé Henry, ces jours-ci ! Une vraie concierge, ce type, moins je le vois, mieux je me porte. Sans compter qu'il raconte partout que je suis parti sur un coup de tête ! Tu me diras, je m'en fiche. Parce qu'au train où vont les choses... entre les copains qui cassent leur pipe, et moi, qui commence à glisser vers ma dernière demeure, j'ai perdu la foi. Sûr que la dame à la faux ne chôme pas ! Une hécatombe ! Quand elle se pointe avec ses requiem, je me trisse. Mince, qu'est-ce qu'il connaît de ma vie ce grand con ? Rien ! Que dalle ! Bernique ! Il brode, il invente, il fabule. Il s'égare dans une tempête de sable !

J'ai raccroché pour une seule raison : je suis vieux ! Eh oui, place aux jeunes ! La clientèle aime la fraîcheur, le mouvement, la nouveauté. Les vieux croûtons, ça lui refile le bourdon. Quand elle découvre une épave sur un manège, la foule se trisse dare-dare. Même au guichet, j'étais plus dans la course ; je me gourais, je lambinais...

Et pis dans les rendus de monnaie, je pataugeais. À mon âge, t'as vite fait de t'emmêler les pinceaux ou de dépérir comme un rat mort.

Bref, j'ai tout bazardé... Bagnole, manège, caravane, j'ai tout lâché pour vivre comme un vieux con, dans une mansarde à la con, où je suis entouré d'une ribambelle de cons. Mes voisins sont gentils, remarque, mais cons !

Comme tu vois, tout baigne ! Même que des fois, j'aide encore les copains. Quand ils se trouvent dans la mouise, j'ouvre ma valoche, je sors mon code civil, je révise mes alinéas, et je fonce direct dans le droit du travail, comme au bon vieux temps. Sinon, je me débrouille. Les forains retombent toujours sur leurs pattes, comme des félins. Tu ne finis pas ta bière ? Patron, la même chose !

Tu es venu pour elle ! C'est Louise qui t'intéresse. Louise... Je pense à elle, tous les jours. Tu ne peux pas savoir à quel point... Oh, et puis merde, je vais t'en parler ! Quand je l'ai trouvée dans la neige, la nuit de Noël, j'étais persuadé qu'elle ne passerait pas l'hiver. J'aurais bien voulu la garder, mais bon, ma destinée s'est goupillée autrement. Une femme comme elle n'avait pas sa place sur la foire. Elle aimait trop sa liberté. Des tas de rumeurs circulaient sur sa jeunesse, sa famille, son accouchement, tout le bazar... Tu me diras, elle s'en fichait royalement.

Par contre, question boulot, elle s'est plantée. Avec ses dons, elle aurait pu faire carrière et ramasser un paquet d'oseille. Au lieu de cela, elle a tout gâché.

Souvent, elle consultait gratis... Je ne sais pas si tu vois le travail ! Pour casser le métier, je ne connais rien de pire. Les derniers temps, sa caravane sentait la poudre. Elle complotait sans arrêt dans son gourbi... Toujours à vouloir refaire le monde, à parler politique, révolution, droit des femmes. Des trucs à elle, pour aider ses collègues. Une vraie Rosa Luxemburg ! Dire que je l'ai laissée partir au métro Saint-Paul ! Quel con !

Claire est placée dans l'ombre du témoin... Assise à côté de Pierre, elle évoque le souvenir de Louise.

Claire. Je travaille comme médium. Le contraire de Louise ! Je communique avec les fluides, les bienfaits des anges gardiens, les contacts de l'au-delà. Pour transcender la matière, l'esprit doit se servir d'une véritable énergie ectoplasmique ; le corps astral se densifie ; il cherche à s'incarner, à se manifester concrètement. Je me sentais très proche de Louise.

Pour moi, sa mort n'a rien changé. Elle est toujours là. Elle est juste passée d'un stade d'existence à une autre dimension. De la *décorporation*, à l'état de guide spirituel. À présent, son âme flotte en pleine lumière.

Elle irradie. Pour elle, le temps n'existe pas. Elle peut surgir à tout moment, et n'importe où. Par exemple, dans des sons, des couleurs ou dans l'envol d'un papillon. Quand l'ineffable se manifeste, surtout, ne craignez rien ! L'âme du défunt veut communiquer, transcender le vivant, le consoler, l'accompagner.

Vous n'êtes pas journaliste, j'espère ! Parce que bizarrement... vous posez tellement de questions sur Louise. Vous la connaissiez ! Vous êtes de sa famille ?

Elle me parlait souvent de sa grand-mère. Une pianiste, originaire de Hongrie. Est-ce que vous avez appris pour sa fille ? Elle travaille comme avocate ! Vous devriez la rencontrer...

Je n'ai jamais vu une mère aimer autant son enfant. Louise a même quitté sa roulotte, pour lui faire plaisir ! Nous nous sommes connues par hasard. Cette année-là, je participais à un grand Salon de la divination, quand Louise s'est approchée de mon stand. Elle m'a posé des tas de questions. Je ne savais pas qu'elle était du métier, elle n'osait pas m'en parler... Quelle belle femme ! Elle paraissait aussi jeune que sa fille ! Je n'ai jamais compris pourquoi elle n'avait pas refait sa vie.

Pierre. Sapristi ! À force de palabrer dans tous les sens, je perds le fil... Toi, par contre, tu n'es pas du genre bavard. Tu me tires les vers du nez, sans jamais lâcher un seul mot. Drôle de méthode, l'ami !

J'éprouve la même sensation que chez le psy. Tu me diras, je ne suis pas forcé de t'ouvrir mon cœur.

Au bout du compte, nous partageons un secret commun : ma Louise... N'empêche, c'est moche de parler des morts. Tu regardes ma bagouse ? Arrête ! Je la porte pour épater la galerie. En vrai, je ne me suis jamais marié. Évidemment que j'aurais pu...

Au point où j'en suis, je peux bien te l'avouer. Je n'ai jamais su m'y prendre avec elle. Le fiasco ! Quand je les ai recueillies en décembre 1956, j'aurais pu sauter sur l'occase, profiter de la situation. Eh bien, non ! Je ne suis pas du genre forcené. Je ne veux pas m'incruster, forcer le destin.

Par contre, je venais de lancer ma Grande Roue. Un truc génial pour l'époque. Je n'en connaissais que trois dans le monde : Zurich, Long Island et la mienne ! Pour tourner, elle a tourné ma roue... Elle s'élançait à l'assaut du ciel, comme un cerf-volant. Oh, je ne te dis pas l'affluence... Les badauds cassaient leur tirelire pour grimper dessus. Mon attraction les emballait ! Ils devenaient carrément fans, et ils se payaient des frissons à n'en plus finir.

Le dimanche, des garnements cherchaient la bagarre. Des types imberbes qui jouaient du canif, pour un oui pour un non. Des marlous, quoi ! Moi, ils me font rigoler. À plusieurs, ils roulent des mécaniques ; mais pris à l'unité, ils pissent de trouille dans leurs couches.

Et pis, t'avais la foule... la belle endimanchée ; elle y montait sur mon bolide, et pas qu'une fois ! Et elle se payait un tour au paradis. N'empêche que sur mon Number One, je n'ai jamais supporté le moindre désordre. Vois-tu, mon gars, je la décris toujours comme une machine dernier cri, et pourtant ma Grande Roue, à côté de celles qu'ils fabriquent maintenant, elle aurait l'air démodée. Bah ! Le manège d'antan ne veut plus rien dire !

Claire. C'est tout de même surprenant de se trouver ici, dans un bistrot, à parler d'elle ! Sa mort est arrivée si brutalement. Comme son cœur a lâché, les toubibs ont déclaré que le tabac l'avait tuée... Moi, j'affirme qu'ils se sont vite empressés de conclure. En vérité, Louise a dû supporter une vie de chien, sans qu'elle obtienne un os pour s'éclater ! Savez-vous pourquoi ? En déboulant sur terre, nous tirons tous à la courte paille. Tout est écrit d'avance ; les chanceux partent d'un côté, les poisseux sont cachés, comme à la loterie. Inutile d'évoquer ceux qui vont bien, tout baigne pour eux... Mais les écartés, tous ceux qui ont pioché le mauvais numéro... ils naissent forcément avec la poisse ! Une déveine qui colle à leurs semelles comme de la boue. Ils sont voués à l'offense, au malheur, à l'impossible justice. Louise avait horreur de larmoyer, elle a toujours censuré ses émotions.

Une fois, malgré tout, elle s'est confiée... elle se vidait, se racontait dans un récit sans fin. Elle a tout sorti. Toute cette noirceur qui l'oppressait depuis des années. En l'écoutant, j'ai enfin compris. Cette distance qu'elle pouvait instaurer envers son entourage, ce refus des hommes, cette révolte aussi...

Louise ne parlait jamais de ses parents. Ils ont été déportés pendant la Seconde Guerre mondiale. Elle venait d'avoir 6 ans... À Paris, les rafles s'intensifiaient. Par précaution, elle fut placée chez une nourrice en Bretagne. Sa grand-mère envoyait de l'argent, elle lui écrivait des cartes postales. Louise mangeait à sa faim, dormait au chaud, n'était pas battue. Jusqu'au jour où...

Il arrive que des femmes se comportent comme des monstres ! La guerre n'excuse pas tout. On ne tire pas une enfant par les cheveux en pleine nuit, pour la coucher dans une grange. On ne nourrit pas une fillette comme un cochon. On ne salit pas la mémoire d'une grand-mère sous prétexte qu'elle ne paye plus la pension. Et surtout...

Non, je n'en dirai pas plus ! Je refuse d'aller fouiller dans le passé des morts. Louise repose en paix, à présent. Personne ne pourra lui faire de mal. Jamais plus ! Elle a retrouvé ses parents, sa grand-mère, tous ceux qui l'ont vraiment aimée.

Pierre. L'enfant n'avait rien à voir là-dedans !
J'acceptais d'épouser Louise en adoptant sa fille. À
propos, vous la connaissez ? Ce n'est pas n'importe
qui, vous savez...

Elle est avocate !

*Une musique de foire se mêle à des éclats de conversations ;
elle va monter crescendo sur les dernières répliques, tandis que la
silhouette du témoin se retire.*

Claire. (*Criant, en direction du témoin qui s'éloigne*) Je ne
peux rien vous dire sur le père de Lucie ! Et pis, quoi,
encore ? Vous vous croyez aux archives !

Pierre. Le père de sa gamine ! Alors là… Vous avez
déjà essayé de tirer les vers du nez d'une féministe ?
Non ? Eh bien, moi non plus. Louise a conservé son
secret bien au chaud, et puis, basta !

Claire. Louise avait un cœur gros comme une
montgolfière. Le reste, qui s'en soucie ? Personne ! Il
ne s'agit que d'un bref chapitre de sa vie, sans
importance. Zut ! J'ai encore oublié mes gants. Vous
avez vu le temps ?

Regardez par la fenêtre, il neige...